九歌少兒書房

www.chiuko.com.tw

冥王星公主的故事罐頭

蘇湛◎著
Kai◎圖

名家推薦

馮季眉：（國語日報社長）

善良的冥界公主，為了協助靈魂安息，來到人間，把故事罐頭送給特定的人。罐頭裡的故事，意在言外，傳遞靈魂想告訴生者的訊息。

常人頂多收到一個故事罐頭，阿森卻收到三個；已離世的母親希望透過這三個故事，打開阿森緊閉的心房，和爸爸重新開始，好好生活。

作者用「故事裡的故事」，不斷出入「故事」與「現實」，一步一步引導讀者進入核心，最終從故事罐頭破繭而出，和阿森一起感受充滿希望的新生。這是一個動人的故事，文字細膩，布局巧妙，耐人尋味。

蕭蕭：（評論家）

故事架構完整，前後可以相互呼應，看完故事後，可以發現許多伏筆，十分可親。此書精采的部分在三個罐頭故事與現實生活的結合，十分密切，三個罐頭故事呼應著親情、友情、態度（重新開始），設計精當，不著痕跡，彷彿聽的是別人的故事，結果竟然是自己最貼身的記憶，其中蘊含的象徵意義，正是所有文學、小說、童話、故事的存在本質。

朱曙明：（九歌兒童劇團團長）

冥王星公主降臨人間?!看似奇幻有趣的故事，其實內含的卻是一個個深厚的生命教育。作者巧妙地以封存在罐頭裡的故事，層層打開角色的心結，同時也彌補了心中的遺憾，重拾失落已久的親情與挑戰生命困境的勇氣。

目錄

【序章】

自動販賣機旁的公主

首先想出補習班這種東西的人，一定是個超級討人厭的傢伙。

從教室中偷偷溜出來的時候，阿森這樣對自己說。

很多年前，那個人一定就和他從小就認識的吳康永一樣，只知道用功讀書，卻連笑一下都不會。大家都不喜歡和他玩，自然就沒有什麼朋友。於是他就一邊看書一邊想：「既然大家都不喜歡我，那麼我長大後幹點什麼好呢？」

不如就開個補習班吧！那麼不喜歡我的人也就不能盡情玩耍了！

——這個念頭突然冒了出來，所以才有了很多年後的現在，阿森悄悄逃走的這個補習班。

一定是這樣才對。

阿森這麼想著，抹去額頭上的汗水。今年暑假本來就格外炎熱，再加上在沒有空調的教室裡憋了一上午，他身上的薄襯衫早已濕透。

從很小的時候開始，阿森就特別怕熱。冬天再怎麼冷也無所謂，多穿幾件衣服他都可以忍受。可是夏天就不一樣了。爸爸的薪水有限，負擔不起昂貴的冷氣電費，所以大部分時候家裡就像一個狹窄的烤爐，哪怕待上一秒都是件考驗意志的事。

要說當初勉強同意來參加暑期補習班，很重要的原因就是「那邊的教室會有空調」。只是才沒幾天的功夫，那臺年齡估計比爸爸還大的空調就徹底壞掉了。這也讓阿森覺得很後悔。

為了一臺壞掉的空調，就白白犧牲一個美好的暑假嗎？

越想越不服氣，他決定還是逃一天課出來玩玩再說。

「蹺課的可都是壞孩子！」

如果有人這樣對阿森說，阿森一定會回答：「我一直都是啊，那又怎麼樣？」而且一點都沒有不好意思的模樣。因為這些年來，阿森一直都是這麼被人叫的。

「所以逃一天課也沒有大不了的啦。」他這樣對自己說。

時間已過十二點，愈發刺眼的陽光下，整條大街都是死氣沉沉的。如果不是偶爾駛過的車輛，真懷疑所有人都已經融化在層層熱浪當中。

無論怎樣，先買罐汽水吧。

他數了數口袋中的零錢，雖然只有可憐的幾枚硬幣，但只買一罐的話問題應該不大。

可這個街區他不是很熟，找了很久都沒有看到一家便利商店。正在阿森快要放棄的時候，一臺高大的自動販賣機出現在他視野裡。

和熱鬧地段的同類相比，這臺機器一看就已經很舊了。外殼上紅色油漆有不少地方脫落，按鍵處的數位也被磨平了一大塊。不過對乾渴難耐的阿森來說，這些一點都不重要。

可樂、檸檬茶、冰綠茶、荔枝玉露……阿森逐個掃視過來，心想應該把這寶貴的三十塊花在哪一種上。

「我的話，會選冰綠茶呢！」

一個有些嬌氣的聲音突然在旁邊響起。

阿森嚇了一跳，轉過臉去時，發現身邊正站著一個陌生少女。她個頭比阿森略矮，長著一張卡通人物般可愛的小臉，特別是一頭淡金色長髮尤為顯眼。

是外國人嗎？阿森皺起眉頭。可我的英文很爛耶……

他正這樣苦惱起來，卻突然意識到剛才對方明明說了中文。

「你叫什麼名字？」

還沒等阿森完全反應過來，少女又問了一句。

喔，是中文沒錯了。阿森終於鎮靜下來，說出自己的姓名。

「是阿森啊……很高興認識你。」她微微一笑，露出潔白整齊的牙齒，「我呢，是冥王星公主。」

冥王星公主？阿森覺得自己一定是聽錯了，臉上露出驚訝的表情。

「對呀，就是從冥王星上來的公主。」她雖然這樣解釋了一番，其實跟沒講一樣。

原來不是什麼外國人，是個外星人才對！

阿森忍不住再次朝她望去。身穿一件天藍色連衣裙，一頭淡金色長髮也用天藍色的絲帶綁著，此時她正輕輕倚著自動販賣機，臉上露出沒有雜質的純真笑容。

雖然看上去的確很特別，可外星人什麼的實在不太可能吧。真可憐，恐怕是個腦子不太正常的病人。阿森這樣想著，向她投去同情的目光。

「讓我猜猜，你應該是在想『這個人的腦子恐怕不太正常』吧。」

自己的心思竟然瞬間就被看穿，阿森嚇得就差沒跳起來。

「你，你是怎麼知道的？」他結結巴巴地問，連聲音都顫抖起

來。

「沒什麼好奇怪的。」

少女則一臉平常地說，「等你像我一樣聽過各種各樣的故事之後，自然就會明白各種各樣人的心思了。」

各種各樣的故事？各種各樣的人？阿森完全聽不懂這些話，表情也變得越來越迷茫。

但對於他這種反應，少女似乎一點都不意外。她伸出白皙的手指，輕輕指向投幣口，然後抬頭微笑著對阿森說：「那麼，你想聽故事嗎？」

阿森愣了一下，不知道這次她又是什麼意思。但轉念一想，反正蹺課出來也沒什麼其他安排，不如聽一下試試看也好。

「好吧，那就聽聽看。」阿森這樣回答。

少女顯得格外欣喜，再次指手指向投幣口：「那就先請我喝冰綠茶吧，謝謝

了！」

原來聽故事還有這種條件啊，阿森有些猶豫。口袋中的零錢只夠買一罐飲料而已，而自己現在又渴得要命。不過身為一個男孩子，自己還是應該表現出一些風度才對吧。

想來想去，阿森還是一咬牙，然後將所有硬幣都扔進了投幣口。

噗通——

一罐冰綠茶應聲滾落，被少女高興地撿起來。

「阿森真是個有風度的男子漢！」彷彿再次看穿了阿森的心思，她這樣微笑著說。

從來都被稱作「壞孩子」，阿森還真是第一次被人這麼誇獎，況且對方還是一個可愛的神祕少女。他不禁有些害羞地抓了抓頭髮。

「咕咚——咕咚——果然還是冰綠茶最好喝了！」

雖然看上去身材嬌小，少女喝起東西來卻異常豪爽。等說出這句話的時候，滿滿一罐冰綠茶都已流入她纖細的喉嚨。

或許是見慣了班上的文靜女生吧，這樣的少女反而讓阿森覺得很有意思。

「真舒服啊……謝謝你阿森。」

「沒什麼啦，只是一罐飲料而已……」話是這麼說，但對於家境貧寒的阿森來說，一罐飲料也算是奢侈品了。不過現在他覺得自己的決定一點都沒錯。

「那麼，現在輪到我來報答阿森啦。」

少女調皮地一笑，然後從口袋裡掏出一枚硬幣，輕輕放入投幣口。

難道也想請我喝飲料？阿森嚥了一口口水，乾渴的喉嚨裡泛起一陣感動。

「你自己挑一個吧，看看想聽什麼故事。」少女卻這樣說道。

阿森吃了一驚，順著她的手勢往販賣窗口上一看，不禁大聲驚呼出來。

可樂、檸檬茶、冰綠茶、荔枝玉露……這些原先被整齊擺放著的飲料，現在竟全部不翼而飛。而占據它們位置的，換成了一批從來沒見過的奇怪罐頭。

水孩子、小不點的天文臺、騎鯨少年、長腿魔術師、巴菲的藍白條紋襪……阿森望著這些畫在罐頭上的文字，完全不知道發生了什麼事。

「這些就是我的故事罐頭呀，」少女覺察到他的驚訝，愉快地解釋起來，「每一個罐頭裡都裝著一個故事，你想聽什麼就自己選，不過一次只能聽一個就是了。」

可是故事又怎麼能裝在罐頭裡？而且一眨眼的功夫就從自動販賣機變成故事販賣機，這又是怎麼回事？

無數問題盤旋在腦袋裡，阿森呆在了原地。

「怎麼了？沒有想聽的？」少女眨了眨眼睛，捲曲的長睫毛撫過眼角，「那麼現在呢？」

雛菊娃娃屋、飛機雲、尿布叔叔、末日馬戲團、果醬鹽茶、住星期三的人……又只是一眨眼的功夫，貨架上的罐頭就神奇地換成全新一批。

這一定是魔法！自稱公主的少女，說不定真的是來自冥王星的魔法師呢。阿森驚訝萬分地想道。

「挑一個吧，阿森，你的話一定能挑到一個好故事！」

少女甜甜的聲音再次傳來。雖然腦袋裡的問題還在不停盤旋著，阿森還是決定聽從她的指示。

那麼……選哪一個好呢？

雛菊娃娃屋、飛機雲、尿布叔叔、末日馬戲團、果醬鹽茶、住星期三的人……阿森再次逐個掃視過來，心想應該把這個神奇的機會花在哪一罐故事上。

陽光愈發耀眼，將周圍的空氣熏烤得尤為燥熱。又一次抹去額頭上的汗水，阿森終於小心按下按鍵。

噗通——

這次應聲滾落的，換成了一個名為「果醬鹽茶」的罐頭。

如果除了故事，裡面真有冰過的茶飲料就好了。即使是鹹的也不要緊啊。

乾渴難耐的阿森這樣期望著。

【第一個罐頭】

果醬鹽茶

「哦哦，還真是一個好故事呢。」

少女拾起罐頭，一臉欣喜地說。

外皮是女生氣十足的粉紅，罐身上「果醬鹽茶」四個字則是海藍色。如果不是仔細觀察的話，或許有人會以為這只是一罐普通的蜜桃汁。

「你看，覺得你會喜歡這個故事嗎？」

這樣說著的她將罐頭遞到阿森手中。和一般的罐頭一樣，剛從機器中滾落的故事罐頭也仍帶著冷氣，冰冰涼涼的握在手裡很舒服。對滿頭大汗的阿森來說，這已經是莫大的享受了。

可輕輕一轉後，阿森立即發現故事罐頭的獨特之處。那就是在「果醬鹽茶」四個大字背後，應該印刷著配料成分的地方，卻換成了奇怪的「故事配方」。

「魔法師的配方、果農和漁夫、艾米麗的笑容、媽媽的眼淚、世界上最優美的歌……」阿森小心念著配方中的文字，眉頭不禁皺了起來，「……這是什麼意思？」

冥王星公主微微一笑，用淘氣的語調回答道：「當然就是製作故事的配方呀。故事和飲料一樣，也需要精心的調配沖泡才能吸引人呢。」

阿森正想問怎樣才能調配出一個好聽的故事，少女便熱情地牽起他的手，放在正握著罐頭的另一隻手上：「快點打開吧阿森，聽聽這個屬於你的故事罐頭！」

說是打開，就和拉開普通易開罐一樣嗎？

阿森嘟囔著，小心翼翼地扣住拉環，然後又無比緩慢地拉開。

一陣熟悉的氣壓聲之後，罐頭果然露出了那個扇形小孔。

「現在你可以聽故事了，把耳朵湊上去吧，」少女笑吟吟地望著他，「不過有件事可千萬不要忘了……」

「是什麼？」阿森問。

「故事不一定要一次性聽完，斷斷續續的也不要緊。可是從現在開始，你手上的拉環可千萬不能掉啦！要一直這麼帶著，直到你聽完故事再扔進罐頭裡。這樣一來，故事就又重新儲存在罐頭裡啦。如果中途拉環掉了的話，那可就麻煩了。」

「會怎麼樣？」

「當然會很不妙呀！」她瞪大了雙眼，做出「我可沒在騙你哦」

的表情，「故事回不到罐頭裡，就會消失在空氣之中，以後就再也沒人能聽到了！」

那可真是件糟糕的事呢。

阿森想著，低頭看了看自己的右手食指。雖然只是套著一個銀色拉環，分量卻異常沉重。

「而且每個故事中可都藏著魔法哦，如果聽故事的人解開了故事中的祕密，那麼就能釋放強大的魔法啦！」

「強大的魔法？會是什麼樣？」

「這個我也不知道，要由聽故事的人來決定！」少女笑吟吟地看著阿森，然後突然把頭一歪，「那麼，阿森你準備好了嗎？」

她一面說一面向他輕輕靠近，淡金色長髮隨之飄動起來。

如果說這是在問暑假結束後的開學考試，阿森自然是毫無準備。不過只是隨便聽聽罐頭裡的聲音罷了，其實根本用不上什麼準備吧。

雖然這樣安慰自己，將罐頭湊到耳邊時，阿森還是感到緊張無比。

沒有味道鹹鹹的茶飲料，從小孔中緩緩流出的，果然只是一個男人的聲音而已。

「Once upon a time（很久很久以前）……」

「請等等……」，故事剛剛開了個頭，阿森就忍不住喊了聲停。

冥王星公主疑惑地眨了眨眼，接著才驚訝地叫起來：「哦哦，真對不起，忘了你的英文很爛……」

雖然是事實，但這種事用不著直接說出來吧！阿森有些生氣地噘起了嘴。

少女則頑皮地吐了吐舌頭。「因為這個故事來自英格蘭，是一個正在環遊世界的旅行者留下的，所以才會是英文，」她說著，湊上前來往扇形小孔中吹了一口氣，「這樣應該沒問題了！」

原來罐頭裡的故事也是有人留下來的呀。阿森一邊想著，一邊再次舉起手中的罐頭。

就這樣，從那個神奇的扇形小孔之中，他聽到了他第一個罐頭裡的故事——

很久很久以前，在一個靠著大海的漂亮莊園裡，住著一個名叫艾米麗的小女孩。艾米麗和媽媽生活一起，從她們的陽臺上望去，左邊是種滿各種植物的果園，右邊就是無邊無際的藍色大海。

能住在那麼好的房子裡，真是令人羨慕啊！每一個像我一樣路過莊園的旅行者都忍不住這麼想。

可是，住在裡面的艾米麗卻並不快樂。她已經快十歲了，卻從來都沒有笑過一次。她長著世界上最美麗的大眼睛和最純淨的金色長髮，只是紅撲撲的臉蛋上卻總是掛著憂鬱的神色。她的媽媽很擔心，每天都想出各種遊戲來逗艾米麗開心，可是艾米麗卻始終愁眉不展。

「這究竟是為什麼呢？」我好奇地問。無論是

莊園裡的果農還是海邊的漁夫，只要一聽到我這個問題，大家就都忍不住開始搖頭歎氣。因為他們喜歡的艾米麗，這個像五月水果一樣漂亮鮮活的艾米麗，卻從來都不會唱歌。

請不要搞錯了，艾米麗的嗓子可沒有任何問題。無論是說話還是朗誦詩歌，她的聲音都像果園的夜鶯一樣悅耳動聽。可是不知道為什麼，這樣動聽的嗓子卻偏偏發不出一

句歌聲。

每天清晨，艾米麗都會站在陽臺上晒太陽。左邊的果園裡，果農的孩子們總是一邊唱歌一邊爬上枝頭摘果子。右邊的漁船上，漁夫的孩子們總是一邊撒網一邊輕輕哼著童謠。只有她自己連一句歌聲都發不出來——這讓艾米麗覺得難過極了。

「真是可憐啊。如果艾米麗會唱歌就好了。一定會有更多蜜蜂和蝴蝶飛到果園裡，果樹上結出的果實也就會更加香甜。」果農們這樣對我說。

「真是可憐啊。如果艾米麗會唱歌就好了。一定會有更多魚兒游到漁網裡，每次打魚的收穫也就會多上好幾倍。」漁夫們又這樣對我說。

「真是遺憾啊。如果艾米麗會唱歌就好了，那麼我的旅行中也能留下一段最動聽的回憶。」我也忍不住這樣對大家說起來。

就在這個時候，我突然想起了一件事。那是在我路過一座魔法城堡時發生的事。一個醉醺醺的白鬍子魔法師告訴我，他剛剛研製出一張配方。只要按照上面說的，將各種可以食用的原料加在一起，就能調配出一杯神奇的茶。無論是誰喝了這杯茶，都能馬上唱出世界上最優美的歌曲。

「那可真是太好啦！快把配方告訴艾米麗和她媽媽吧！」果農和漁夫們高興地大喊起來，「那樣的話，果樹上結出的果實就會更加香甜，打魚的收穫也就會多上好幾倍！」

可是我卻只能搖搖頭。因為配方裡到底有什麼原料，還有各種

原料之間是什麼比例——這些事我早就已經記不清了。而魔法城堡又離這裡很遠很遠，也不能馬上去詢問那個白鬍子魔法師。

這可把果農和漁夫們急壞啦，他們左轉轉右轉轉，急得連帽子上都掛滿了汗珠。我實在不忍心看到這樣的情景，就再次努力回想起來。想了一遍又一遍，差點把頭皮都想破了，我終於記起配方中兩種最主要的原料——覆盆子果醬和海鹽。

「哦哦，那好辦！我們的果園裡種著世界上最新鮮的覆盆子，要多少有多少！」

果農們興奮地拍起手來。

「啊啊，那好辦！我們能從大海裡提煉出最最純淨的海鹽，數量嘛，當然和大海一樣無邊無際！」漁夫們拍手的聲音甚至比果農們還要響亮。

我很高興他們的心情因此變好了，但還是很擔心。因為我知道，只有這兩種原料是遠遠不夠的。要想艾米麗能唱出世界上最優美的歌，還需要其他八種可以食用的原料。

「沒關係，我們會把這個消息告訴艾米麗的媽媽。她是我們這裡最聰明最偉大的女士，而且是世界上最愛艾米麗的人。她的話，說不定能研究出剩下來的配方呢！」果農和漁夫們繼續拍著手，然後一起消失在視野裡。

艾米麗的媽媽真的能研究出剩下的配方嗎？艾米麗真的能唱出世界上最優美的歌嗎？還有果農們的果實真的會變得更加香甜，漁夫們的收成也真的會多上好幾倍嗎？

帶著這些疑問，幾天後，我戀戀不捨地離開了這個海邊的莊園……

「請問……」

阿森正聽得津津有味，卻突然被這樣一個聲音打斷。在別人聽故事的時候隨便插嘴，還真是沒有禮貌。他這樣想著，不耐煩地轉過頭。

其實這也不能怪別人。因為剛才那個名叫「果醬鹽茶」的故事，其實只有阿森自己才聽得到。所以在其他人眼中，他應該只是一個正舉著罐頭無所事事的怪人罷了——只不過這樣的事，阿森明顯已經忘在腦後。

映入眼簾的是一個戴著遮陽帽的小男生，從身材上看應該還是個小學生。這時他斜挎著卡通背包，正有些害羞地站在阿森面前。

「請問大哥哥，這種飲料你是在哪裡買的呢？」確定阿森正看著自己，小男生輕聲問道。

阿森有些不耐煩地指了指身邊的自動販賣機，卻發現那一排排裝滿故事的神奇罐頭早已不見了蹤影，可樂、檸檬茶、冰綠茶、荔枝玉露……變回了這些普通飲料。

「自動販賣機裡可沒有啊……」小男生有些委屈地轉過頭，「難道大哥哥剛才買的是最後一罐嗎？」

阿森呆了一下，心想要不要將剛才的奇遇說給這個小傢伙聽。而站在他身邊，那個自稱冥王星公主的金髮少女也正笑嘻嘻地望著他們倆。

「對，就是最後一罐。」想來想去，害怕麻煩的阿森還是選擇這樣回答。

小男生很遺憾地垂下頭。由於太過失望，他機靈的大眼睛也變得毫無神采。

雖然阿森也沒有比他大多少歲，但一向都不太擅長應付小孩子，他只能尷尬地移開視線。倒是一旁的冥王星公主突然提起了興趣。

「小弟弟，你為什麼想要這種飲料呢？據我所知，大多數人可都不知道這種飲料哦。」她走到小男生面前，微笑著蹲下身子。

「不是我，是我外婆想要才對。」

「外婆？」

「嗯。」小男生點點頭，從斜挎包裡掏出一張皺巴巴的紙，「這是外婆畫的，她說想要在睡覺之前再見一見這個罐頭。」

阿森聽了，忍不住也提起了興趣。湊過頭去一看，在小男生和少女手中，那張紙上所畫的確實就是自己手中的這個罐頭。一樣女生氣十足的粉紅色外皮，罐身上海藍色的「果醬鹽茶」四個字也是一模一樣。

「我想，這個小弟弟的外婆應該也請我喝過冰綠茶才對。」

冥王星公主直起身子，調皮地輕聲對阿森說。

你還真是在滿世界騙冰綠茶喝啊。阿森默默想著，想不到卻被她再次看穿。

「什麼嘛，我也用一個個好故事做為回報了呀。」她有些賭氣地噘起嘴，微皺的眉頭顯得特別可愛，「況且阿森應該也是這樣覺得才對吧？」

阿森回憶了一番，名叫「果醬鹽茶」的故事雖然有些女生氣，但的確算得上一個引人入勝的好故事。事實上，被中途打斷後，現在他也還對旅行者的疑問念念不忘——艾米麗的媽媽真的能研究出剩下的配方嗎？艾米麗真的能唱出世界上最優美的歌嗎？還有果農們的果實真的會變得更加香甜，漁夫們的收成也真的會多上好幾倍嗎……總覺得很在意呢。

「大哥哥，還有大姐姐……」

阿森的思緒仍停留在遙遠的故事裡，小男生就又開始說起了話。

「我實在不知道還能去哪裡找。可如果找不到的話，外婆一定會傷心的……所以這個罐頭，能不能借給我一下呢？」

說這話的時候，小男生滿懷期待地抬起頭，黑亮的大眼睛特別惹人憐愛。

小孩子還真是讓人頭疼啊……阿森尷尬地摸了摸頭髮，然後求助般地向冥王星公主望去。

似乎並沒有注意到阿森的目光，少女倒是高高興興地同小男生說了起來。「小弟弟，你的外婆真的很想再見見這個罐頭嗎？」她問。

「嗯！我很小的時候，外婆就跟我說過這個罐頭。『那裡面呀，可裝著世界上最神奇的魔法呢。只要一打開，就能聽見世界上最優美的歌。』她總是這麼對我說。」

阿森忍不住渾身一抖。看來那個老婆婆的確也聽過「果醬鹽茶」的故事啊。他這樣想道。

「……不過她說這種『果醬鹽茶』的話，她也只見過一次。『如果能親眼見到一次就好啦！』外婆雖然總這麼說，媽媽卻覺得她只是腦子又不清楚了而已。因為媽媽說了，這樣的飲料根本就不可能存在……」

其實不只是奇怪的飲料，而是裝著故事的罐頭才對——如果說出了這樣的話，恐怕更會被當成腦筋不正常吧。阿森想著，默默開始同情那個從沒見過面的老婆婆。

「現在外婆就要睡著了，媽媽說睡著之前不能吃任何東西，飲料當然也不能喝。所以我想外婆只是想再見見這個罐頭而已……」小男生一邊說一邊皺起眉頭，目光死死地盯住阿森，「我想大哥哥也已經把飲料喝完了，那麼罐頭能不能借給我一下呢？」

能不能呢？其實阿森自己也不知道。

他只能轉過頭，同樣一臉期待地問站在他的冥王星公主：「能嗎？」

少女調皮地眨了一下眼，然後微笑著說：「當然能！不過要大哥哥和大姐姐陪你一起去才行哦！」

一抹紅暈馬上出現在小男生的臉上。

「太好啦！大哥哥和大姐姐真是好人！」他高興地拍起了手，

「而且除了我和媽媽，已經很久沒有人去看過外婆了，這下她一定要高興極啦！」

阿森有些疑惑，剛想問為什麼要陪著一起去，少女就輕聲在他耳邊解釋道：「因為現在阿森手上有拉環，就是罐頭的主人。所以只要阿森在場的話，罐頭裡的故事也能給別人聽哦……」

原來自己已經成為「果醬鹽茶」的主人了啊。

不得不說阿森有些驚訝，但更多的應該是興奮才對。而能跟其他人一起分享「果醬鹽茶」的故事，這一點也讓他非常自豪。

「……而且，」少女沒有說完，若有所思地停了一會兒，夢幻般的大眼睛裡露出無限的憐愛，「那個孩子的話，的確很不希望他外婆傷心呢！」

順著她的目光，阿森也向面前的小男生望去。

正手舞足蹈著，他天真的臉上滿是純淨的笑容。

不知道為什麼，阿森突然想起那個從未見過面的老婆婆。看到罐頭後，她也許也會笑得這麼開心吧。那麼，自己能親眼看看也不錯——他終於這樣做出了決定。

「那麼，大哥哥大姐姐，請跟我來吧！」

就在小男生充滿稚氣的聲音中，阿森和冥王星公主，還有阿森手中的故事罐頭，一起慢慢向西面的街區走去。

像現在這樣親身穿行在西區的建築之間，阿森還真是頭一次。

和他平時經常出沒的東區不同，西區是近幾年才建成的，據說由一個著名的外國設計師設計，是專供富人們生活的高檔社區。

「住在那麼好的房子裡，還真是令人羨慕啊！」

有一次乘輕軌路過附近，坐在身邊的爸爸就這樣對阿森說。那時候輕軌列車在離西區幾條街外的半空中飛速駛過，但即使這樣，那邊的漂亮建築還是給阿

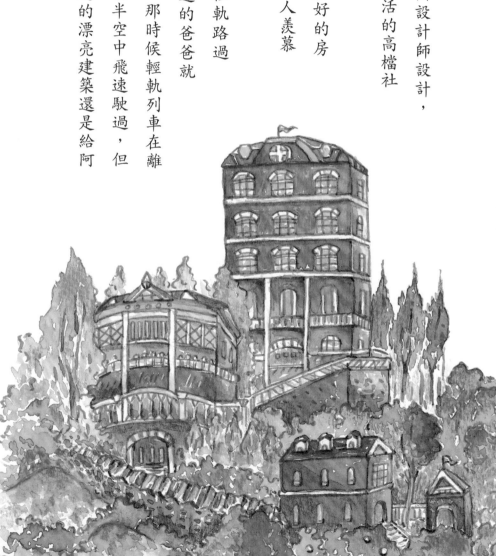

森留下了深刻印象——不像東區的古舊棚戶和平房，也不像中區擁擠挺拔的高樓大廈，西區的樓房都是一些漂亮的紅磚洋樓。不高也不矮，不新也不舊，簡直就和博物館裡用玻璃罩圍起來的藝術品一樣。

與此相比，阿森家住的平房就可憐多了。

路過狹小的門廳，踏上布滿灰塵的樓梯，然後穿過被各家油煙熏成油膩膩的過道，最後再轉一個彎——那扇生了鏽的防盜門後面就是阿森和爸爸的家。每次放學回來，阿森都會忍不住幻想：走完那條油膩膩的過道再轉過彎，說不定這次出現的會是另一扇門——沒有生鏽的鐵欄杆，漆著漂亮的綠色油漆，中間的地方還貼著金色的花朵裝飾，用鮮花一樣的字體寫著：歡迎光臨，阿森和爸爸的家。

當然這樣的事情從來都沒有發生過。每次放學回家，走完那條油膩膩的過道再轉過彎，阿森看到的永遠都是那些生鏽的鐵欄杆。

或許正是因為如此，現在阿森才會那麼興奮。

一塵不染的街道，穿戴整齊的行人，還有最讓他興奮的紅磚洋樓……一遍遍在頭腦中幻想著的地方，竟然就在自己眼前。簡直就像行走在美夢中一樣，這怎麼能不讓他激動不已呢？

「你們看到那棟最高的房子了嗎？媽媽和外婆就在那裡。」

小男生指著不遠處一棟建築，停下來對阿森和冥王星公主說道。

阿森回過神來，朝他所指的方向望去。那是一棟七、八層樓高的建築，在清一色的紅磚洋樓中顯得格外顯眼。

「那是你們的家嗎？」

阿森充滿羨慕地問了一句，卻意外地沒有得到回應。

緊皺著眉頭，大眼睛也再次垂了下去，身邊的小男生只是難過地搖了搖頭。阿森有些莫名其妙，不知道是不是自己說錯了話。

「那裡啊……恐怕是這孩子最不喜歡的地方才對。」

等到一言不發的小男生獨自走到他們前面，冥王星公主才悄悄在阿森耳邊說。

最不喜歡的地方？可是有家人在的地方，為什麼會不喜歡呢？

阿森怎麼都想不明白，直到走進那棟高大的建築中為止。

幾乎從踏進大門的第一刻開始，阿森就明白了「最不喜歡的地方」是什麼意思。

雪白的牆壁，雪白的地板，還有穿著雪白衣服的各種大人們——

原來這個地方不是任何人的家，而只是一間醫院。

路過雪白的大廳，踏進雪白的電梯，然後穿過連天花板都泛著雪白的過道，最後再轉一個彎——那扇同樣雪白的房門後面就是外婆的病房了。小男生的手勢好像在這樣說。

阿森皺起了眉頭，猶豫著是否應該走進去。

從小到大，他對醫院一向都沒什麼好印象。刺鼻的消毒水自然不用說，光是

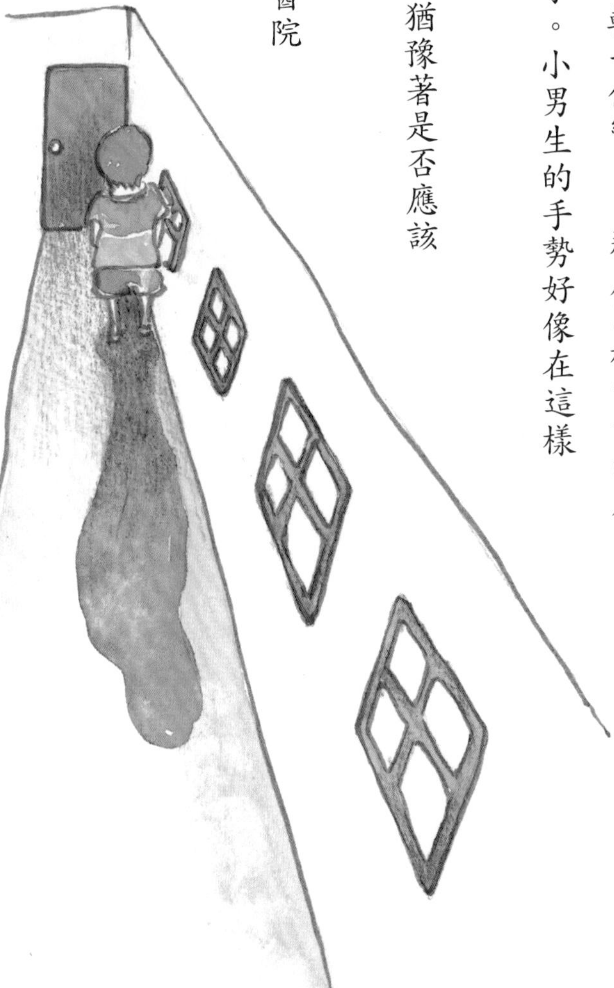

那些隨處可見的痛苦臉孔就讓他渾身不舒服。

「可是現在放棄的話，這孩子還有他外婆，都會很失望的。」冥王星公主再次看透了他的心思，壓低聲音對阿森說，「而且你可是罐頭的主人啊，應該勇敢一點才對！」

「你才是膽小鬼呢！」

雖然嘴上不承認，但考慮了一番後，阿森還是咬牙走進了房間。

這是一間巨大的房間。阿森本來想用更加生動的詞，但想來想去卻只能這樣來形容。巨大的天花板，巨大的雪白牆壁，還有鋪著白床單的床，同樣只能令人冒出「巨大」這一個詞。而就在這張病床上，一個白髮蒼蒼的老婆婆正虛弱地躺著，整間房間只有她一個人顯得特別瘦小。

這就是同樣聽過「果醬鹽茶」的老婆婆吧。那麼她是不是也喜歡這個故事呢？

阿森忍不住向身邊的冥王星公主望去。誰知道她也正全神貫注地望著病床的方向，完全沒有注意到阿森的目光。

「小傑，這些是你的朋友嗎？」

發出這聲音的不是虛弱的老婆婆，而是坐在病床邊的一位女士。她穿著一身黑色套裝，雖然面無表情，但無論長相還是氣質都非常出眾。

看來應該是小男生的媽媽吧。阿森想著，更加羨慕起來。

「是的，媽媽……」被稱作小傑的小男生點了點頭，露出緊張的模樣。這時阿森才發現，那個黑衣女士一臉嚴肅，雙眼死死地盯著他和冥王星公主，簡直比學校的教導主任還要讓人害怕。

「你知道外婆需要休息，還帶外人來幹什麼？」

果然連批評人的語氣也很像啊。阿森默默想著，原先的羨慕情緒頓時消失了一大半。

而小傑也漲紅了臉，開始結結巴巴地講起剛才的經歷。街邊的自動販賣機，可疑的奇怪二人組，還有更奇怪的罕見罐頭……雖然這些在他嘴裡都顯得很平常，自己和古怪的金髮少女也被描述成和藹可親的大好人，可阿森還是覺得有些心虛。

小傑媽媽一本正經地聽著，直到小傑慢慢從阿森手中接過罐頭時，她的表情才發生了一絲變化。

「……還真被你找到了啊。」

她一邊說一邊接過罐頭，然後仔仔細細地觀察起來。不知道為什麼，阿森覺得她的眼神中並沒有好奇，反而充滿了懷念。簡直就好像她早就見過這罐頭一樣。

「我沒猜錯的話，她的確應該早就見過才對。」

冥王星公主再次施展了她的讀心術，壓低聲音在阿森耳邊說道。阿森吃了一驚，馬上輕聲追問起來。

「我大概已經想起來了，」她重新望了望病床上的老婆婆，然後調皮地朝阿森一笑，「很多很多年前，那個老婆婆的確請我喝過冰綠茶，我當然也就請她聽了一罐故事啦。這麼說來，那天她身邊正好帶著她女兒呢，應該就是小傑媽媽吧。」

「很多很多年前？」阿森忍不住反問了一句，心想她年紀明明和自己差不多，口氣竟然那麼大。

「這有什麼好奇怪的，我來自冥王星，過的當然不是地球上的時間，所以自然也不會長大或者變老什麼的。」她微微嘟起嘴，好像阿森說了什麼傻話，「不過你們地球人就不一樣啦。就說那個老婆婆，上次我見她時還是一個漂亮的阿姨呢，哦，就跟小傑媽媽差不多，沒想到現在竟然都已經那麼老了……」

她一邊說一邊露出難過的神情，聲音也變得越來越低。

阿森不知道該說什麼好。冥王星是什麼樣，他不清楚，但地球上的話，時間的確是件殘酷的事。「你啊，真應該好好珍惜當一個小孩的時間。」小時候，爸爸總是這樣笑著對阿森說，「長大了就要工作，就要戀愛，就要拚命養家，就要去向冷冰冰的陌生人推銷一些沒用的電器。所以呢，還是當一個小孩好啊！」阿森的爸爸是個電器公司的推銷員，所以說這話的時候，他的樣子特別認真。

說出來或許沒幾個人會相信，那時候的阿森也還是一個如假包換的乖孩子。上課積極發言，經常幫助小夥伴，回家還會搶著幫媽媽做家務。如果媽媽還在的話，我說不定一直會是這樣的好孩子呢——每次翻出那時候的舊相片，阿森都忍不住這麼想。

可是，這一切都隨著媽媽的過世而改變。已經五年了，想起這些年他和爸爸的變化，阿森覺得自己雖然還沒滿十四歲，有時候卻已經像一個老頭子一樣了。

「媽媽，外婆睡著了嗎？」

小傑突然這樣怯生生地問了一句。或許是因為大家都太久沒說話了，這猶豫的聲音竟然顯得格外響亮。

黑衣女士明顯愣了一下，然後才從發呆狀態中回過神來。

「……睡著了嗎？」她彷彿正小聲問著自己，最後終於難過地搖了搖頭。

阿森順著她的目光往病床上望去。躺在那裡的老婆婆緊閉著雙眼，插滿她全身的各種管子也一動不動的。

看上去明明就睡著了呀……他不禁有些奇怪。

「那麼媽媽，趕快叫外婆起床吧。我答應外婆了，一定會在她睡著之前給她看看這個罐頭的！」小傑忍不住提高了聲音，肉肉的臉頰也變得紅撲撲的。

可是小傑媽媽卻沒有回答。她更加用力皺緊了眉頭，認真地對著小傑說：「外婆需要休息，現在不能叫她起床。」

「可是媽媽不是說外婆沒有睡著嗎？那為什麼不能起床？」

「因為……外婆累了。」

「『只要能再見一次那個罐頭，再苦再累我也不在乎。』外婆可是這麼跟我說的！」

小傑媽媽似乎吃了一驚，緊皺的眉頭也瞬間舒展開來。

「外婆……真是那麼說的嗎？」她有些猶豫地問。

「嗯！」小傑用力地點點頭，「她說如果找到這個罐頭的話，說不定能再幫她實現一次心願呢！」

再幫她實現一次心願？阿森認真聽著他們的對話，心裡卻覺得越來越奇怪。

小傑媽媽沒有再說話，小傑沒有再說話，連冥王星公主也沒有再說話。雖然腦袋裡擠滿了各種問題，在這種氣氛下，阿森也只能選擇不說話。

就在他以為這樣的沉默會一直繼續下去時，進房檢查的值班醫生終於打破了他的擔心。

「小傑，帶著你的朋友們先出去吧，等醫生叔叔檢查完了你們再進來。」

似乎鬆了一口氣，小傑媽媽的聲音重新恢復到教導主任的感覺。小傑戀戀不捨地望了病床一眼，然後跟著阿森和冥王星公主走出房間。

房門外的過道仍舊和剛才一樣，到處都是冷冰冰的白色。

阿森輕輕靠在雪白的牆壁上，腦袋裡還是擠滿了各種疑問——如果小傑媽媽明明在「很多很多年前」見過故事罐頭，又為什麼跟小傑說她從來沒見過呢？還有小傑外婆說的，罐頭能「再幫她實現一次願望」又是怎麼回事？故事罐頭還能幫主人實現願望嗎？如果是真的，冥王星公主為什麼沒告訴自己呢……這些問題他想了一遍又一遍，卻怎麼都想不通。

「阿森你啊，還真是個大笨蛋。」

終於注意到阿森的疑惑表情，金髮少女這樣說道。

那聰明的你倒是給我解釋看看啊！阿森忍不住在心裡大叫起來。

自從見識到讀心術的厲害，現在阿森已經習慣了這樣在心裡和她講話。

可冥王星公主卻並沒有理會他的抗議。只是沒好氣地瞪了阿森一眼後，她蹲下身子，微笑著問起小傑來：「小傑弟弟，告訴大姐姐，媽媽和外婆的感情好不好呢？」

小傑愣了一下，似乎沒料到這樣的問題。「我也不知道……」他想了想，聲音變得有些苦澀，「外婆是個很開心的人，對誰都是笑呵呵的。可是媽媽就嚴肅多了，跟外婆說話的時候也沒什麼表情。總覺得外婆和我一樣，都有點怕媽媽呢……」

那種教導主任一樣的感覺，的確誰都會怕吧。阿森不禁這麼想。

「可是媽媽其實是很心疼外婆的！」好像覺察到阿森的表情變化，小傑急忙幫媽媽解釋起來，「自從外婆住院開始，全是媽媽一個人在照顧。我還看見她偷偷哭了好幾次呢……我想媽媽的話，只是有點害羞罷了。」

害羞？阿森實在無法把這個詞和剛才那個黑衣女士聯繫在一起。站在一旁的冥王星公主倒是又看穿了他的心思。「你為什麼不把罐頭裡的故事聽完呢？聽完之後，說不定就會猜到答案了。」她挑著眉對阿森說。

經過剛才的小小風波後，粉紅色的「果醬鹽茶」已經回到阿森的手中。而正握著它的右手食指上，那個銀色的拉環更是從剛才開始就沒有離開過。

做為這個故事罐頭的主人，自己的確還是應該先把故事聽完吧。阿森想著，再次把罐頭舉起來湊到耳邊。

「等一等！」

扇形小孔裡剛剛開始冒出第一個音節，冥王星公主的聲音就急急忙忙地傳來。

「差點忘記了，你可以跟小傑一起聽呀。」她說著，把正一臉憂鬱的小傑一把拉過來，「小傑弟弟，和大哥哥一起聽故事好不好？」

在小傑充滿問號的表情中，金髮少女開始興高采烈地解釋起關於「故事罐頭」的一切。

「你一定覺得大姐姐像個外國人對不對？其實啊，我可不是什麼外國人，而是來自冥王星的小公主才對！」

「冥王星是什麼？」小傑並沒有露出阿森預想的驚訝表情，因為才六、七歲大的他根本連冥王星是什麼都不知道。

少女一聽，同樣沒有多少驚訝，而是更加耐心地說下去：「冥王星啊，是離這裡很遠很遠的一個地方。大姐姐從很遠很遠的地方來到這裡，就是為了收集新的故事。」

「收集新的故事？」小傑重複了一遍，依然是一頭霧水的樣子。

「對呀。一個好故事可以由媽媽講給你聽，也可以從書上看到，可是要想讓故事永遠保持新鮮的話，就一定要把它裝進罐頭裡！所以這樣的故事罐頭，當然是越多越好啦。」

這種莫名其妙的話讓人家小孩子怎麼聽得懂？阿森剛開始這樣暗想，面前的小傑竟然就恍然大悟般的點了點頭。

「我明白了。」他抬起頭，認真地說，「所以這個罐頭裡裝著的其實不是什麼飲料，而是一個故事才對。外婆一直想再見一次的罐頭，其實也就是罐頭裡裝著的故事。」

阿森不禁瞪大了雙眼。這小男生的理解能力也太驚人了吧！

「是阿森你特別笨才對。」冥王星公主向阿森使了個眼色，一臉頑皮地繼續說下去，「沒錯，沒錯，所以小傑想不想也聽一聽這個故事呢？」

小傑高興地「嗯」了一聲，黑亮的大眼睛裡充滿期待。

就這樣，在金髮少女的愉快指導下，阿森無奈地蹲下身子，同名叫小傑的小男生一起聽起了故事——

……

離開靠著大海的莊園後，我又去了很多地方旅行。我到過全城都只有人偶的奇怪城市，看到過頭髮比河流還長的美麗公主，還住過搭建在茫茫海底的神奇旅館……可是不知道為什麼，無論我經過多少地方，心裡卻還是會常常想起那個靠著大海的莊園。

艾米麗的媽媽真的能研究出剩下的配方嗎？艾米麗真的能唱出世界上最優美的歌嗎？還有果農們的果實真的會變得更加香甜，漁夫們的收成也真的會多上好幾倍嗎……這些未解的疑問都讓我覺得很在意。我很想再回去看看，可是做為一個優秀的旅行者，走回頭路又是一件不可原諒的事。這實在讓我非常苦惱。

好在地球是圓的——我真應該好好感謝這件事。很多年後，在環遊了地球整整一圈後，我終於再次回到這個靠著大海的莊園。離我上次的拜訪已經過了太長時間，我本來以為應該沒人會再記得我。沒想到，風塵僕僕的我剛剛踏進果園，熱情的果農們就把我團團圍住。

「阿啦啦，這不是我們見多識廣又善良好心的旅行者大人嗎！」他們拉著我的手跳

起了舞，「你終於回來啦！我們可等你太久太久啦！」

果農們開始奔相走告，不一會兒，連海邊的漁夫們也圍了上來。

「阿啦啦，果然是我們見多識廣又善良好心的旅行者大人呀！」他們拉著我的手加入了舞蹈，「你終於回來啦！我們可等你太久太久啦！」

我有些吃驚，完全不知道自己竟然給他們留下了這麼深刻的印象。我開始仔細打量這些果農和漁夫們，卻發現他

們都和當年一樣年輕。這麼多年了，好像完全沒有變老一樣。

「因為你離開的太久啦，見多識廣又善良好心的旅行者大人。當年你見到的，是我們的父親們才對呢！」年輕的果農和漁夫們笑著說道。

我想起當年那些一邊唱歌一邊爬上枝頭摘果子的小果農們，還有一邊撒網一邊輕輕哼著童謠的小漁夫們，暗暗感歎原來已經過了那麼長的時間。

那麼艾米麗，那個不會唱歌的艾米麗，現在也應該長成大姑娘了吧。

「艾米麗小姐呀……」一說起她的名字，年輕的果農們立刻就興奮地漲紅了臉，「現在艾米麗小姐有著世界上最最優美的歌聲，只要她一唱歌，馬上就會有許許多多蜜蜂和蝴蝶飛到果園裡，果樹上結出的果實也就會更加香甜！」

「沒錯，沒錯。艾米麗小姐只要一唱歌，馬上就會有數不清的魚兒游到漁網裡，每次打魚的收穫也就會多上好幾倍！」同樣興高采烈的漁夫們也這樣說。

「而這一切，還真是多虧了旅行者大人的魔法配方呢！」拉著手，跳著舞，年輕的果農和漁夫們這樣向我感謝道。

艾米麗終於唱出了歌，果農和漁夫的生活也變得更好，這些當然都是值得高興的事。可是很快的，我就又開始疑惑起來——當年我只是留下了「果醬」和「海鹽」兩種原料而已，既沒有說其他的八種原料，也不清楚各種原料之間的比例。那麼他們又是怎麼研究出剩下的配方呢？

聽了我的疑問後，年輕的果農和漁夫們停止了舞蹈。「全靠我們這裡最聰明最偉大的女士，而且還是世界上最愛艾米麗小姐的人——當然就是艾米麗小姐的媽媽啦。」他們說著，臉上浮現出尊敬的表情。

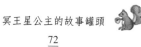

原來自從我離開後，艾米麗的媽媽就開始著手研究那張殘缺的魔法配方。她首先從果園裡挑選了最新鮮最飽滿的覆盆子，做成了最香甜可口的果醬；然後又去海邊盛出了最清澈最湛藍的海水，晒出了最晶瑩剔透的海鹽。把果醬和海鹽加在一起後，她就開始了那個極其漫長的試驗過程。

蜂蜜能滋潤喉嚨，說不定會是原料之一。她這麼想著，就嘗試著加入蜂蜜。

露水凝結了夜鶯的歌喉，說不定會是原料之一。她這麼想著，就嘗試著加入露水。

星空下的玫瑰花瓣有著世界上最美麗的顏色，說不定也會起到作用。她這麼想著，就嘗試著把它們也加進去……

就這樣，她經歷了一次又一次的失敗，又一次一次地調整原料和比例。在幾乎試遍了莊園和大海裡所有可以食用的東西之後，她終於

找到了剩下的七種原料，也基本確定了它們的比例。可是還有那最後一種，艾米麗的媽媽卻怎麼也找不到。

她讓漁夫們坐著船去海的那一邊，讓果農們騎著馬去山後面的遠方，可是無論他們帶回了什麼原料，卻總也不是她需要的那一種。

就這樣過了很多年，艾米麗也長成了亭亭玉立的少女。雖然最後一種原料始終沒有找到，但包含了其他九種原料的「果醬鹽茶」卻也已經在艾米麗身上發揮了作用。即使還無法像其他正常少女一樣盡情高歌，那時候的艾米麗也已經能夠哼出一些簡單的音符了。

「啦啦啦，嗚嗚嗚——」每當自己能在陽光下哼出這些音符時，艾米麗就由衷地覺得高興。她也很感謝她的媽媽。為了能讓艾米麗開心地笑起來，媽媽把自己關在研究室裡那麼多年，本來年輕漂亮的她已經變得蒼老許多。

只是因為不會唱歌而已，完全只是一件小事罷了。為什麼從前的自己要那麼在意呢？艾米麗一遍遍問著自己，越來越覺得自己是個任性又自私的壞女兒。她決定最後無論能不能唱出歌來，自己都要還給媽媽一個世界上最好看的笑容。

可是從出生開始，不會唱歌的艾米麗就從來沒有笑過，也完全不知道該怎樣笑。她對著鏡子一遍一遍地練習，還去請教整天都在笑呵呵的果農和漁夫們，但是無論她怎麼努力，就是無法完成這個常人眼中最最簡單的表情。

「那麼後來又怎麼樣了呢？」我焦急地問，「艾米麗最後笑了嗎？她的媽媽又是怎麼找到最後一種原料的呢？」

年輕的果農和漁夫們微微一笑，繼續說了下去……

罐頭裡的故事還沒講完，面前那扇雪白的大門就再次被打開了。身穿雪白大褂的值班醫生從病房中走出來，與等在過道上的阿森他們擦肩而過。

雖然被再次打斷了不免有些生氣，但望著醫生眉頭深鎖的樣子，阿森還是感到一陣不安。他想起小傑一遍遍說起的話。「外婆想在睡著之前再看看這個罐頭」，「媽媽，外婆睡著了嗎？」，「沒有睡著的話，為什麼不能起來？」——這些許許多多的「睡著」，恐怕是另一個可怕的意思才對。

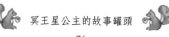

再次看穿了他的心思，冥王星公主朝阿森點了點頭。看得出來，她和阿森一樣覺得很難過。

那麼小傑呢？他知道「睡著」的真正含義嗎？

「這真是個好聽的故事，」站在阿森身邊的小傑直起身子，有些擔心地朝病床裡望了一眼，「不過我得先去看看外婆了。如果她還沒睡著的話，我想跟她一起聽結尾的部分呢！」

阿森與冥王星公主交換了一下眼色，然後便和他一起回到了病房中。

雪白的病房當然還是剛才的樣子，不過不知道是不是眼花了，阿森總覺得躺在病床上的老婆婆好像更加虛弱了一些。

「真是不好意思，讓你們等了那麼久。」

一身黑衣的小傑媽媽冷冷地說著，眼眶卻微微有些泛紅。

這些都被阿森看在眼裡。雖然看上去和教導主任一樣高高在上，現在的她應該也只是一個傷心的女兒罷了吧。他這樣想道。

「媽媽，外婆還沒睡著吧？我能把罐頭拿給她看，哦不，是拿給她聽一聽了嗎？」

仍舊是那個怯生生的聲音，小傑拿出那個只剩下結尾的故事罐頭。

果然和冥王星公主預計的一樣，小傑媽媽應該早就知道一切是怎麼回事，所以一點都沒有聽不懂的樣子。她只是皺緊了眉，然後艱難地點了點頭。

終於得到了允許，小傑顯得非常高興，馬上跑到老婆婆的病床前。

「外婆，外婆，快起床。我把你想聽的故事罐頭帶來啦！」

他微笑著對老婆婆說著，可是他躺在病床上的外婆卻一動都不動。

「外婆，外婆，快起來嘛。是『果醬鹽茶』的罐頭啊，你以前跟我說的罐頭啊。我一直都不知道，原來這不是一個普通的罐頭，原來裡面還裝著一個好聽的故事呢……」

他不停地說著，可是躺在病床上的老婆婆還是一動都不動。

「外婆，外婆，求求你了，快起來吧。我還沒聽到故事的結尾呢，我好想跟你一起聽啊……」

好像用盡了所有力氣，他就這麼一直說著，說著，直到聲音開始哽咽起來。

可是躺在病床上的老婆婆，始終動都沒有動一下。

阿森忍不住覺得一陣心酸。五年前，相似的情景他也曾經見過。只不過那個時候，趴在病床前不停這麼說著話的，換成了阿森自己。

在這個地球上，要說比時間更可怕的東西，恐怕就只有「睡著」了吧。無論是多強大多厲害的人，只要一一「睡著」就什麼力量也沒有了。什麼也留不下，什麼也帶不走，只剩下掛念他們的人孤零零地站在原地。所以說，如果真的有什麼魔法的話，一定第一件事就是要把這可怕的東西趕出地球！阿森一邊這樣想著，一邊充滿期待地朝冥王星公主看了一眼。

「沒用的，就算是我也沒辦法。」感應到他的心思，冥王星公主無奈地搖搖頭，「真正的魔法只存在於故事當中，而且發揮的時間和能量都得由聽故事的人決定，所以……」

做為罐頭的「主人」，阿森剛想追問如何才能決定故事中的魔法，卻被一個突然響起的聲音給打斷了。

「一切都是我的錯。」

阿森轉過頭。一身黑衣，眉頭緊鎖，一本正經的臉上終於出現了傷心的神情——阿森看著說出這話的小傑媽媽，完全不知道發生了什麼事。

「如果我不是那麼任性，或許她的身體也會好一些……」

小傑媽媽停頓了一下，開始緩緩講起她自己的故事。

原來她和小傑的外婆並不是真正的母女。或者說，她們之間並沒有血緣關係。很多年前，在小傑媽媽還很小的時候，媽媽因病去世，爸爸就娶了另外一個女人當她的「繼母」。而這個女人，就是現在正躺在病床上的老婆婆。雖然「繼母」這個角色總不免讓人想起尖酸刻薄之類的形容詞，可老婆婆卻完全不是這樣。她熱情開朗，聰明漂亮，把當時還年幼的小傑媽媽當成自己的親生女兒一樣看待。但是即使如此，小傑媽媽卻還是一如既往地討厭她。這麼多年了，就連一個笑臉都沒有給她看過。

「現在想想，是不是我的親生媽媽，其實根本就不重要。那麼多年了，她對我並不比任何一個親生媽媽差。為什麼從前的自己要那麼在意呢？」

她說這話的神情讓阿森想起了艾米麗。同樣是有些任性又自私的

讀者回函卡

謝謝您購買本書，我們非常重視您的意見與想法，請您費心填寫並寄回給我們！

● 購買的書名＿＿＿＿＿＿＿＿＿＿

● 購買本書最主要的原因(可以複選)：□書名 □內容 □封面設計 □價格便宜 □整體包裝 □作家
□其他，告訴我們你的想法：＿＿＿＿＿＿＿＿＿＿

● 您如何發現這本書：□書店 □網路書店 □書訊 □廣告DM □報紙 □廣播 □電視 □親友介紹
□其他＿＿＿＿＿＿＿＿＿＿

● 下一本你想買的書，主題會是：□華文創作 □翻譯小說 □生活風格 □少兒文學 □勵志學習
□兩性成長 □醫療保健 □旅遊美食 □藝術人文

● 您通常用哪一種方式購書：□郵購 □逛書店 □網路書店 □劃撥 □信用卡 □傳真
□其他＿＿＿＿＿＿＿＿＿＿

女兒，眼前的黑衣女士卻讓他更加心酸。

「只是現在的話，恐怕一切都晚了。」望著那張雪白的病床，她難過地擦了擦眼淚。

在這種氣氛下，好像說什麼話都不太合適。所以阿森雖然很想安慰她，卻不知道該怎麼表達。再說，他本來就是個不善言辭的男生。而且關於「睡著」和這對母女的一切，早就已經沉重得讓他喘不過氣來。

「可是小傑媽媽，老婆婆說的『心願』，你還是可以再幫她實現一次呢！」

就在阿森還在這樣胡思亂想的時候，冥王星公主的嬌氣聲音在背後響起。小傑媽媽愣了一下，掛滿眼淚的臉上出現意外的表情。

還不只是她一個，從剛才開始就被他媽媽的故事嚇住了，傻站在病床前的小傑也終於回過神來。「沒錯。外婆說了，她的心願就在這個罐頭裡呢！」他一邊說一邊舉起手中的粉紅色罐頭，黑亮的眼睛裡閃耀著期待的光芒。

「心願……」

仍然緊緊皺著眉頭，小傑媽媽小聲重複著這個詞，好像再次陷入回憶之中。

病房裡再次安靜下來。

沒有人說話，巨大的白色空間裡只剩下心電監護儀緩慢運作的聲音。

滴——滴——滴——

每一下都彷彿在說——老婆婆還沒有「睡著」，所以一切都還不算晚。不算晚。

「我知道了。」

不知道過了多久，沉默的小傑媽媽終於從回憶中走了出來。

「小傑，」她不緊不慢地走到病床前，目光溫和地投在小傑身上，「給外婆聽聽罐頭裡的故事吧，只是結尾也不要緊。」

或許是太久沒有見到媽媽這麼溫柔的樣子，小傑顯得很激動，連舉起罐頭的手臂也有些顫抖。扇形小孔被輕輕貼在了老婆婆的耳朵上，同時靠上去的還有小傑和他媽媽的耳朵。

阿森微笑著望著她們一家三口。剩下的故事應該已經開始講起來了吧，雖然他也很想湊上去把故事聽完，但還是忍住了這個念頭。

「能捨得把故事讓給別人，阿森還真是一個了不起的罐頭主人！」冥王星公主親暱地拉起阿森的手臂，語氣中充滿了讚歎。

因為比起罐頭裡的故事，眼前的故事可要更新鮮、更好看呢！阿森這樣想著，目不轉睛地看著他們一家的面部表情。

隨著罐頭裡的情節，他們臉上浮現出不同的變化：從羨慕到意外，從意外到欣喜，再從欣喜到感動——總之無論如何變化，全都顯得很幸福。

過了不知道有多久，這樣不斷變化著的表情才慢慢停了下來。

是結束了吧，阿森想著。故事會有什麼樣的結局呢？艾米麗的媽媽是怎麼找到最後一種原料的？最後艾米麗又會唱出什麼樣的歌呢？

阿森試著自己回答自己，沒想到卻在小傑媽媽的臉上發現了答案——因為正轉過頭來面對著病床，她臉上的表情定格在一個燦爛的微笑上。

從見到小傑媽媽開始，她就是一本正經的樣子，所以這個笑容讓阿森不禁入了迷。而她之後說的話，更是讓阿森印象深刻。

「謝謝你了，媽媽。」

她一字一頓地說。

真好聽，簡直就像是仙境中的仙子在唱歌！不知道為什麼，阿森突然冒出這樣的感覺。

房間裡又一次變得安靜下來。

只是這一次，阿森，小傑，冥王星公主……雖然沒有說話，大家卻都微笑著，好像在享受著一些什麼。

「看來老婆婆的心願終於實現了呢，你看……」過了一會兒，公主在阿森耳邊說道。

阿森順著她的指示望過去。原來躺在病床的老婆婆，那個始終都一動不動的老婆婆，竟流下了一滴淚珠。

我可還沒「睡著」啊！我可還要陪女兒和外孫一起生活下去啊！——滑下老人皺巴巴的眼角時，那顆像魔法般晶瑩的淚珠好像在這麼說著。

告別了小傑一家，阿森和冥王星公主緩慢穿行在西區的紅磚洋樓之間。

在醫院裡待著太久了，沒想到外面的世界已經開始進入傍晚。夕陽西下，橙紅色的光芒灑在城市的每一個角落。從自動販賣機前的奇遇開始，到病房中的兩個故事結束，明明只是短暫一下午，阿森卻覺得好像過了很長很長的時間一樣。

「因為只要有好故事的話，時間就會過得慢起來呢！」冥王星公主愉快地說著，在寬闊的大街上跳起了舞。

阿森同樣愉快地點了點頭。「你說，老婆婆會好起來嗎？」阿森轉過身問她。

「當然會啦！」公主輕盈地轉了一個圈，「你忘了嗎？故事中的魔法可是已經被釋放出來了呀，那麼老婆婆就一定會好起來，一定會陪著小傑和小傑媽媽幸福生活下去的！」

她嬌氣的聲音充滿了信心，讓阿森覺得很有安全感。可是現在的他，心中卻還是有一個疑問。

「你是想問，為什麼老婆婆會說她的心願就裝在這個罐頭裡了，是不是？」

阿森不好意思地點點頭，這個問題他的確思來想去琢磨了好久，可就是想不出答案。

「因為呀，當年請我喝冰綠茶的其實並不是那個老婆婆。真丟人，看來一開始記錯了呢……」她調皮地吐了一下舌頭，故作神祕地問，「那你猜那個人會是誰？」

「不會是……」

「沒錯，就是小傑媽媽！」公主滿意地拍了拍阿森的肩，開始解釋起來，「因為當年她們是一起來的，又過了那麼長時間，所以我才會記錯。後來小傑說起『心願』的事情我才想起來，當時拿到『果醬鹽茶』的，的確就是那個小女孩才對。」

「所以小傑的外婆其實沒有聽過『果醬鹽茶』的故事？」當初的方向竟然一開始就錯了，阿森難免有些吃驚。

公主則點了點頭，繼續說：「那時候她們的關係還很不好，小傑媽媽做為罐頭主人卻拒絕和老婆婆分享故事，所以可憐的老婆婆恐怕只知道這是個叫做『果醬鹽茶』的故事罐頭，可至於裡面到底是個什麼樣的故事，她應該並不清楚。」

阿森回憶了一會兒，卻還是一頭霧水。「但是老婆婆不是也說過『只要一打開，就能唱出世界上最優美的歌』嗎？沒有聽過故事的話，就不可能會知道這種情節吧？」他不解地問。

冥王星公主欣慰地一笑，好像在誇獎阿森細緻的觀察能力。

「我本來也這樣想。直到小傑媽媽說出那句話我才知道，老婆婆所說的『世界上最優美的歌』，根本不是指艾米麗最後成功唱出口的那一首。」她說著，好像突然意識到了一些什麼，又歪著頭改口道，「不，也不能說根本不是。怎麼說呢……就好像只要一打開罐頭，裡面的故事就會用自己的方式來改變主人周圍的世界呢！能這樣將兩個故事這樣串在一起的，一定就是故事裡的魔法才對！」

阿森還是一點都聽不明白，只能一臉迷茫地問：「你說的是……哪句話？」

公主賣了個關子，然後輕盈地跳到阿森面前說：「當然是那一句啦！」

看見阿森還是一臉迷茫的樣子，她終於開始詳細解釋起來：

「『媽媽』——這才是老婆婆所說的『世界上最優美的歌』。當年聽完艾米麗的故事之後，小傑媽媽就無心地叫了一聲『媽媽』。當時老婆婆很高興，覺得這罐頭裡一定裝著魔法，因為這麼久了，這還是小傑媽媽第一次這麼叫她。所以啊，接下來的這些年裡，能再聽一遍就成了老婆婆最大的心願。

「可是誰知道『果醬鹽茶』的故事裡也恰巧有『媽媽』和『歌』這兩個關鍵元素呢？你說，這難道不是魔法嗎？」

阿森默默地聽著，腦袋裡嗡嗡作響。一個是裝在罐頭裡的故事，一個是實實在在發生著的日常生活。它們本來一點關係都沒有，卻在一個個巧合下相互影響起來了。雖然花了幾十年的時間，最後兩個故事卻都得到了美好的結局——能實現這一切的，一定就是魔法沒錯了！

他一邊想一邊再次舉起手中的粉紅色罐頭。結局都已經講完，現在的罐頭也已經是空空的了。

冥王星公主有些遺憾地看著阿森。「不過唯一的美中不足就是，這次阿森沒有聽到故事的結尾呢……」她有些遺憾地說，「艾米麗最後唱出來的歌非常好聽，我保證阿森從來都沒聽過那麼動聽的歌聲！」

阿森搖了搖頭，輕輕取下右手食指上的銀色拉環，然後小心放到那個扇形小孔中。

咚——

拉環瞬間便掉到了罐頭底部。

「我已經聽過了啊。」阿森說著，看著手中的罐頭神奇地旋轉起來。扇形小孔消失了，整個罐頭立即變得像全新的一樣。

「媽媽。」

這個世界上還有哪一首歌能比這兩個字更加動聽呢？

阿森突然想起，自己已經整整五年都沒唱過這首歌了。

【第二個罐頭】

小不點的天文臺

就在離這裡不遠的地方，有一個叫小不點的男孩。小不點當然不是他的真名，再說也沒有爸爸媽媽會給孩子取這樣的名字吧。可是呢，我們的小不點是個孤兒，所以也沒有能給他取個好名字的爸爸、媽媽。

很多年前，在剛被送進孤兒院的時候，院長一邊看著他一邊皺起眉頭說：「你啊，還真是個小不點。」院長這話說得可沒錯。那時候的小不點又瘦又小，雖然已經五歲了，看上去卻像才剛剛學會走路一樣，只有細脖子上的腦袋顯得又圓又大。

「小不點嗎？」當時他這麼想著，「聽起來也不算壞。」可讓他沒有想到的是，院長這麼一說，孤兒院的阿姨們就都那麼叫他了。再然後，孤兒院的小朋友們也開始這麼叫他了。又過了一些年，因為小不點經常跟著孤兒院的阿姨們進城買東西，連城裡的叔叔阿姨也開始這麼叫他了。「小不點」也就正式成了他的名字。

「小不點，小不點，快來給我看看，你又長大了多少？」

每次看見小不點，大家都會忍不住這麼說。這是一個很小的城市，大家不僅住得很近，互相之間關係也都很不錯。所以漸漸地，幾乎所有人都知道了這個總是小小的、好像永遠也長不大的男孩小不點。

說來也奇怪，一年又一年，現在小不點已經十三歲了，可是身體卻還是像五、六歲的小朋友一樣。所以一年又一年，他也開始越來越不滿意自己的名字。

「一定是因為這個名字，我才總是長不大的吧。」他鬱悶地想著，決定給自己取一個全新的名字。可是無論是孤兒院裡的院長和小朋友們，還是城裡的叔叔阿姨們，大家都開始嘲笑他的想法。「小不點，小不點，這名字多可愛呀！如果小不點改成了大個子，這個世界可就亂套啦！」他們一邊摸著小不點又圓又大的腦袋，一邊笑得合不攏嘴。

小不點很生氣，開始在城裡四處尋找。他希望可以找到一個陌生人，那麼他就可以向陌生人自我介紹——你好，我叫小皮特，今年十三歲。對了，小皮特是他給自己取的新名字。「聽起來可真酷，就像個大明星一樣！」和他握了手之後，陌生人一定會這麼高興的讚歎起來。

可是呢，這個城市實在太小了，無論小不點走到哪裡人們都認識他，當然也找不到一個可以讓他介紹新名字的陌生人。小不點很失望，垂頭喪氣地在街上遊蕩。不知不覺，他竟然走出了城，來到一片長滿花草樹木的山區裡。

小不點居住的本來就是一個四面環山的小城，可是像這樣走到山區裡，他還真是頭一次。綠色的草地，高大的樹木，還有各種比他還要小巧的小動物……小不點好奇地望著這個新鮮的世界，心情也瞬間變好了。

「你好，小鳥，我叫小皮

特，今年十三歲了！」

「你好，四葉草，我叫小皮特，今年十三歲了喲！」

「你好，大石頭，我叫小皮特，已經十三歲了哦！」

小不點與高采烈地奔跑在山林之間，向一路看見的所有東西打招呼。或許都是第一次見到他的緣故吧，無論是小鳥還是四葉草，大家都沒有嘲笑小不點，只是笑嘻嘻地朝他點點頭。這也讓小不點更加開心，不知不覺又加快了腳步。

就這樣，小不點不知道跑了多久，直到太陽下山了他才停下來。

都已經這麼晚了呀，看來得回孤兒院了呢。小不點想著，一回頭，卻怎麼也記不起該怎麼回去。原來他已經不知不覺來到山頂，下山的路彎彎曲曲，再加上天都快黑了，所以完全看不清回城的路是哪一條。

這可把小不點給急壞啦。他漲紅了臉在原地打轉，完全不知道該怎麼辦。就在這時，一幢不起眼的白色建築映入他的眼簾。那是一幢奇怪的建築，就站立在離他不遠的正前方。下面是瘦瘦小小的圓柱形塔樓，上面則是一個大大的的圓頂，好像在一具矮小的身體上安上了一個又圓又大的腦袋。

看起來還真眼熟呢。小不點想著，好奇地走到白色建築面前。

「……天文臺。」

他小心翼翼地讀出大門上刻著的幾個大字，臉上浮現出疑惑的表情。

天文臺？不就是觀察星星的地方嗎？

小不點是個喜歡讀書的男孩，在孤兒院的閱覽室裡，他幾乎把架子上的所有書都看完了。他記得裡面有一本就是專門講天文臺的——圓圓的白色建築，分布在世界各地的山頂上，一進到裡面的話，天上那些亮晶晶的星星就會馬上離自己很近很近……

小不點愉快地回憶著，心想自己真是到了一個神奇的好地方……

「阿森，阿森，先停一停。」

和上次一樣，阿森正津津有味地聽著故事，突然就這樣被打斷了。

不過這次打斷他的不是什麼奇怪的路人，而是站在他身邊的金髮少女。為什麼大家都不知道，隨便打擾正在聽故事的人是一件很沒禮貌的事呢？阿森暗自不爽地想。

「阿森，阿森，停一停嘛先。」

有些嬌氣的嗓音再次響起。阿森放下手中的罐頭，無奈地朝她望去：「怎麼了，我的公主殿下？」

似乎沒料到他會這麼說，冥王星公主噗地一笑，一副很享受這個稱呼的樣子：「這樣聽起來可真不錯，好像一個大明星一樣呢！」

阿森覺得一陣熟悉，剛剛故事裡的「小不點」不也這麼講過嗎？

「沒錯，我不是說過嗎，這就是故事罐頭的神奇之處呀。」公主殿下笑得更開心了，學起昨天對阿森講這句話時的模樣，「只要一被打開，罐頭裡的故事就會用自己的方式，改變主人周圍的世界呢！」

「然後就是，如果解開了藏在故事之中的祕密，就能從故事裡釋放出強大的魔法……」他頗有興致地接了下去，忍不住又想起昨天的神奇經歷。

公主殿下微微一笑，然後轉過頭指著馬路對面的方向問：「對了，阿森，那個人你認識嗎？」

阿森順著她的手勢朝那邊一看，頓時吃了一驚。

站在那裡的不是別人，正是那個名叫吳康永的傢伙。從小學開始就和阿森同班，後來又很巧地升入同一所中學，去年正式分班時又被更神奇地分在一起——這個各方面都讓阿森覺得討厭的傢伙，簡直就像一塊牛皮糖一樣甩都甩不掉。而更讓他惱火的是，即使是沒什麼原因會見到面的暑假，他們還是被家長送進了同一個補習班。

明顯看到了阿森，吳康永似乎也有點意外。他猶豫了一下，似乎在考慮要不要走到馬路這邊來。終於下定決心後，他開始緩緩邁開了腳步。這條街本來就沒什麼人氣，空空蕩蕩的馬路上也沒有一輛車經過。可儘管如此，吳康永卻還是認真地左右觀望，完全就是一副膽小鬼的樣子。

「阿森，從昨天開始你已經兩天沒去上課了，而且你好像也沒有請假吧……」終於走到阿森面前，吳康永這樣小聲地對阿森說。說這話的時候，他還朝冥王星公主望了一眼，只是馬上就紅著臉移開視線。

「這和你沒關係吧。」阿森頂了他一句，臉上寫滿了不耐煩，「而且這又不是在學校，只是個補習班而已，就算我不去也沒什麼大不了的。」

說這話的時候阿森非常理直氣壯。如果不是因為爸爸的囉嗦和教室裡的冷氣，他死都不會把美好的暑假用在這種事情上。

吳康永顯得有些委屈，黝黑的臉頰上升起兩抹紅暈。「可是既然都已經報了班、交了錢，那麼為什麼就不能好好上課呢？」他不解地問。

這話讓阿森覺得很火大。既然你是個學生，那麼為什麼不好好讀書呢？既然你只是個小孩子，那麼為什麼老要跟大人作對呢？——吳康永這種「既然……那麼為什麼」的句子，阿森已經聽了很多年，可每次聽見還是忍不住想打他一頓。

一直以來吳康永都是這樣。從小學開始，他就對什麼事都特別認真。上課永遠聽得最入神，筆記記得永遠最仔細，就連做值日生都是最賣力的那一個。「既然都已經開始幹了，那麼為什麼不努力幹好一些呢？」別人笑他傻的時候，他總是那麼說。他無時無刻想把所有事情都幹好，所以甚至連笑一下都不會，永遠都是一臉緊張的樣子。

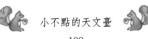

而更加不走運的是，即使都已經這麼努力了，他最後的表現卻還是普普通通的。成績雖然比阿森要好，但絕對算不上優秀；當值日生雖然認真，但總會不小心打翻提桶什麼的；就連熱情地想要幫助同學，到最後卻總成了幫倒忙——總之從小到大，除了一些專門喜歡捉弄他的淘氣男生，班裡所有人都盡量躲他遠遠的，好像離他近一點就會沾到壞運氣一樣。當然了，阿森也是其中的一個。

而現在，似乎是注意到了阿森生氣的表情，吳康永有些害怕地擦了擦汗。「那個……午休時間快結束了，我要回去上課了。」雖然已經準備轉身離開，他還是沒忘記加上這麼一句，「不過我覺得阿森你還是回去上課比較好，否則你爸爸也會失望的。」

阿森最不喜歡別人隨便提起他的家人，這下徹底發了火。「走開啦！別學人家多管閒事！」他大聲罵了幾句，直到吳康永瘦小的背影徹底消失才停下來。

「還真是沒禮貌呢……」阿森的氣還沒有消，旁邊的冥王星公主就這麼說起來。

阿森以為她是在說自己，剛想回頭反駁，公主就跟著說了下去：「……我明明站在這裡，這個傢伙竟然連招呼都不打一個。」

阿森不禁一愣。原來從冥王星來的公主殿下也會在乎這種事啊。他這樣想著，忍不住覺得好笑起來。

「沒什麼好笑的，」她幾乎馬上就反擊道，「和陌生人見面時介紹自己然後打個招呼，你們地球人不都應該是這樣才對嗎？」

那你還真是不瞭解地球呢，阿森想著，順便就說了出來：「地球

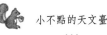

人只有在不得不認識陌生人的時候才會這樣，其他時候，我們根本就不想搭理別人。」

好像聽到了什麼令人討厭的話，冥王星公主立刻就皺起了眉頭。「如果真是這樣的話，你們又是怎麼交到朋友的？」她不服氣地問。

阿森想了一會。「應該說一開始是沒人想交什麼朋友的，只是不得不認識那些同學啊、同事啊，還有鄰居什麼的。然後過了一段時間，『哦這個人好像也還不賴的樣子嘛，那就當朋友試試看。』這麼想了之後，才會有朋友這種東西吧。」他淡淡地回答道。

這些話阿森可不是隨便說說的。自從媽媽去世後，他覺得「朋友」這種東西就變得越來越不可靠了。如果說連媽媽都是說走就走的，又怎麼能相信朋友這種才認識沒多久的人呢？出現了這個念頭之後，阿森就再也沒有交過任何一個朋友。或許也正是因為這個吧，在大家眼裡，曾經的好孩子阿森開始變得越來越古怪，直到變成現在這個徹徹底底的壞孩子。

可是公主卻不滿意這答案。她嘟起了嘴，轉過頭不再理阿森。

和昨天一樣，時間已經過了十二點。陽光愈發強烈，悶熱的天氣甚至比昨天還要令人難受。

阿森無所事事地踢著路邊的小石子，心想接下去該做些什麼好。把罐頭裡的故事聽完嗎？不知道為什麼卻突然沒了興致。去找一間遊樂場玩玩電動嗎？更是完全提不起興趣來。實在不行，就隨便找一個有冷氣的地方睡上一覺吧。

雖然這麼想著，阿森卻還是覺得越來越煩躁。

「看來阿森的心情，被剛才那個人完全破壞了呀。」注意到阿森的表情，冥王星公主調皮地在一旁說。

這次你倒是沒說錯，阿森在心裡這樣回答道。吳康永那個傢伙，每次出現都是這麼掃興。特別是他那張永遠緊張兮兮的臉，就好像帶著什麼魔法一樣，只要一看見就讓人渾身不痛快。不過現在讓阿森煩躁的還有另外一件事。

「……我覺得阿森你還是回去上課比較好，否則你爸爸也會失望的。」

就在剛才，吳康永的這句話讓阿森很在意。應該說這些年來，只要一聽到和爸爸有關的言論，阿森都會像這樣反感很久。當然他反感的不是爸爸，而是別人說起他和爸爸時那種同情的樣子——

只剩下阿森和爸爸了呀……嗯，還真是好可憐呢。

媽媽過世後，每個主動跑來跟阿森說話的人，臉上的表情好像都在這麼說。

剛開始的時候爸爸還很禮貌，到後來就跟阿森一樣有點反感了。再後來的有一天，重重關上那扇生了鏽的鐵門之後，爸爸就再也沒有理過那些提著慰問品的人。阿森記得很清楚，也就是從那一天開始，原先總是努力笑著去推銷電器的爸爸，就很少再露出那種沒有負擔的笑容了。

再然後，爸爸變得越來越陰沉，對阿森也開始越來越嚴厲。「你啊，真應該好好珍惜當一個小孩的時間。」媽媽過世前，開朗的爸爸總是這麼對阿森說。可接下來的這幾年，他每天嚴肅說著的卻換成了另外一句——「你也不小了，要好好努力當一個出色的大人。」

對於這個目標阿森其實並不反對，可是五年來，爸爸的行為卻讓他實在有些不明白。不許看漫畫，不許玩電動，不許和各種「壞孩子」交往，家裡明明連冷氣都用不起，卻偏要花錢送他來讀這種昂貴的補習班……這種事阿森怎麼想也想不明白。

而令他更加不明白的是，為什麼這些討厭的改變就非要發生在自己的周圍？為什麼只是短短五年而已，自己的世界就非得變成這個樣子？

「那麼阿森，不如還是回補習班看看怎麼樣？」

不知道是不是又看穿了他的心思，冥王星公主有些憂心忡忡地問。

阿森仍舊踢著小石子，猶豫著沒有回答。

如果現在下一場大雨就好啦。

抹去額頭上油膩膩的汗水，手中握著罐頭的阿森這樣想道。

一天半的時間沒見，教室裡的空調果然還是沒有修好。

下午的課已經開始。悶熱無比的教室裡，學生們都是昏昏欲睡的，只有講臺前的補習老師仍舊神采奕奕，不停在黑板上書寫著一些複雜的數學公式。

阿森一臉不耐煩地在最後一排坐下，竟然沒有引起任何人的注意。本來已經準備好接受一頓批評，沒想到竟然可以那麼輕鬆地應付過去，他不禁有點失望。

早知道就再逃幾天課好了，幹嘛要這麼早回來？阿森一邊這樣想著，一邊環顧了一下四周。在一大片呼呼大睡的學生前面，坐在第一排認真記筆記的短髮男生引起了阿森的注意。

想都不用想，一定是吳康永那個傢伙。阿森輕蔑地對自己說。在這種熱死人的暑期補習班裡，也只有那傢伙才會聽得那麼認真了吧。

「哦，那麼看來，他的確是很認真呢。」

冥王星公主小聲地在一旁附和道。阿森吃了一驚，急忙按住她的嘴巴。剛才明明把她留在教室門口，沒想到她還是偷偷跟了進來。如果被大家發現這個自稱是「冥王星公主」的奇怪外國人，說不定會被當成腦筋有問題然後送進醫院呢。阿森忍不住這麼想。

「唔唔……沒關係啦，」靈巧地從阿森的手中掙脫，冥王星公主自信地笑了笑，「我早就已經準備好該怎麼說啦，即使被發現也沒問題！」

阿森滿臉懷疑地看了看她。不過就目前來看，這個昏昏欲睡的班級似乎並沒有發現在最後一排上多了一個怪人，阿森也就暫時放下心來。

「一個人從A點出發向北偏東六十度方向走了四公尺到B點，再從B點向南偏西十五度方向走了三公尺到C點，那麼……」元氣滿滿的聲音從講臺上傳出，然後隱沒在臺下死氣沉沉的氣氛之中。

阿森打了個哈欠，差點就要睡著的時候，手裡的罐頭卻再次引起了他的興趣。

和昨天的「果醬鹽茶」不同，今天的罐頭是深藍色的。天鵝絨一般的背景下，「小不點的天文臺」這幾個字閃閃發光，簡直就像真正的星空一樣漂亮。

老天文學家、星星之名、心間的距離、小不點的觀心望遠鏡……阿森默默讀著罐頭上的「故事配方」，心想比起那些無聊的數學公式，把罐頭裡的故事聽完才是正經事。

於是，他懶洋洋地舉起罐頭，津津有味地聽了起來——

……

四周很安靜，小不點小心翼翼地走進天文臺。雖然外面看上去瘦瘦小小，圓柱形的塔樓裡其實也挺寬敞。不過小不點繞著大廳轉了一圈，卻連一個人都沒有看到。

難道這是個已經廢棄了的天文臺嗎？他想著，開始沿著塔樓裡的樓梯向上爬去。

這一座高高的旋轉樓梯，或許是因為太久沒人走動了吧，臺階和扶手都已經生了鏽，小不點走在上面的時候，還真是有點膽戰心驚呢。不過好在臺階沒有破個大洞，扶手也沒有整塊整塊地掉下去，小不點總算安全地到達了最高處。

現在我已經在大大的圓頂裡了吧！小不點興奮地左看看右看看，沒想到卻突然看見一個大活人。

「小朋友你是誰？到這裡來幹什麼？」大活人似乎很意外，緩慢地從角落裡走出來。

這下小不點才看清他的樣子。那是一個上了年紀的老爺爺，穿著一件白大褂，頭髮和鬍子也都是白色的。

「你好老爺爺，我叫小皮特，今年十三歲了。」小不點高高興興地作起自我介紹，「我是來看星星的！」他自豪地說。

白鬍子老爺爺顯得很高興。「我這裡可已經很久沒人來了呢。」他說著，同樣開始介紹起自己。原來他是個天文學家，從年輕時起就一直在這裡研究星星。做為小城附近唯一的一個天文臺，這裡曾經也有過熱鬧的好時候。很多像他一樣的年輕天文學家在這裡做研究，還有從各地慕名而來的觀星愛好者們，有的還帶著戀人或者小朋友。

「可是天上的星星永遠都那麼安靜，也不像地上的煙火一樣五顏六色的，所以大家很快就厭倦了。」老天文學家說著，布滿皺紋的臉上露出遺憾的神情，「來觀星的人們少了，年輕的天文學家們也都去更有名的天文臺做研究，所以這裡就漸漸被大家給遺忘啦……」

小不點認真地聽著，對老天文學家這樣的遭遇，他由衷地感到很難過。

「其實就和我一樣吧。」小不點默默地想道，「就因為小小的很不起眼，所以總是被大家忘在腦後。」

或許是真的太久沒有客人拜訪，老天文學家更加高興地說起了星星的事。那時候天已經完全黑了，閃爍著的星光開始漸漸出現在漆黑的夜幕之上。小不點想起他在城裡看到的夜空。灰藍色的天空總是霧濛濛的，即使能看見星星，也永遠都只有那麼可憐的幾顆。

可這裡就不一樣了。遠離了小城中的燈火，在山頂上的星星們顯得又多又透亮。簡直就像只要一伸手就能摘下來，然後扣在毛衣上一樣呢！小不點興奮地望著望遠鏡中的星星們，心裡充滿了幸福。

突然，他想起了一件重要的事，急忙問身邊的老天文學家：「老爺爺，這些星星們有名字嗎？」

老天文學家慈愛地笑了，回答道：「當然有啊。你看，那邊最亮的一顆是大犬座天狼星，星等為1.46等。距地球8.7光年……」

雖然聽不懂這些深奧的話，小不點還是跟著老爺爺的指點朝那個方向看去。果然，一顆明亮的星星出現在望遠鏡裡，小不點甚至可以看到那些微微變化著的藍白色光線。

「真的很像狼的眼睛呢！」小不點激動地叫了一聲，然後又把望遠鏡移到另一側，「那麼這一顆又叫什麼呢？」

老天文學家往望遠鏡中看去。「那顆叫做南河三，星等為2.64等，距離地球大約11.44光年，比天狼星稍遠一些……」他一邊說一邊瞇起了眼睛。

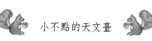

「南河三？這叫什麼名字，真是太奇怪了。」小不點有些疑惑地抬起頭。在他看來，名字對一個人來說至關重要，對於星星當然也不能馬虎。

「我看呀，這顆星星看上去有些發黃，應該叫黃柳丁星才對！」

老天文學家一聽，馬上樂得合不攏嘴。「黃柳丁星？哈哈哈……」他親暱地把小不點攬在懷裡，「真是個好名字，那麼那一顆呢？」

「藍莓星。」

「這一顆？」

「小鈕扣星。」

就這樣，老天文學家和小不點一起數起天上的星星，然後一個一個地重新給她們取名字。小不點覺得自己從來都沒有這麼開心過。因為每取一個新名字，他就可以自豪地對著星星說——你好，我叫小皮特，今年十三歲了，很高興能和你做朋友！陌生的星星們都是第一次和小不點見面，所以她們只是眨眨眼，沒有任何一顆會嘲笑他的新名字。

小不點就這麼數啊數啊，突然數到了一顆很小很小的星星。她掛在北面天空的一個小角落裡，周圍是另外四顆又大又明亮的星星。如果不是仔細看的話，誰都會把她從望遠鏡中漏掉吧。小不點這樣想道。

「那顆星星還真小啊。」上上下下看了好一會兒，小不點還是忍不住感歎出來。

「哦？哪一顆？」老天文學家好奇地在望遠鏡裡觀察起來。不知道為什麼，這次他看得很認真，口中還念念有詞：「咦？真奇怪……這個位置不應該會有啊……」

就這樣，他認真地埋頭觀察起來。觀察了一會兒，老天文學家又跑到工作臺前，翻開厚厚的書本閱讀起來。讀了一會兒，他又轉到電腦面前，哆哆嗦嗦地打起字來。就這樣過了很久很久，久得小不點都快睡著了，老天文學家才終於抬起頭走到小不點身邊。

「我的孩子，真是不得了！我想你發現了一顆新的星星呢！」他一臉激動地這麼說，連長長的白鬍子都興奮地飄動起來。

雖然不知道到底是怎麼回事，小不點也忍不住跟著他激動起來。

「新的星星？這是什麼意思？」他又激動又奇怪地問。

老天文學家慈祥地笑了。「當然就是在你之前，從來沒人發現過的意思呀。你啊，就是第一個看見這顆星星的人！」

小不點「哇」地一聲高喊出來：「所以說，那顆星星是剛出生的小寶寶星嗎？」他高興地張大了眼睛，心想能成為第一個看見小寶寶星出現的人，自己還真是好幸運。

沒想到老天文學家卻搖了搖頭。「不是小寶寶啊，那顆星星的話，應該已經是一位和我一樣的老人家了才對。」他說著，又在望遠鏡裡指了一下。

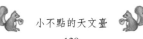

「你看，她邊上那四顆又大又明亮的星星，其實都要比她年輕呢。而且根據我的計算，說不定連身材也比她都小多了。」老天文學家笑著說。

這下小不點可完全糊塗啦。看上去明明又小又暗，之前也沒人注意過她——可是這樣不起眼的一顆小星星，怎麼會比那四顆又大又亮的星星還要大呢？

「因為她比她們都要遠啊。」

老天文學家一面微笑一面向小不點解釋起來。原來這顆看起來像小寶寶的星星離地球很遠很遠，遠到連光都要走上好幾百年才能到達。所以從地球上看上去，她才那麼又小又暗的，就像剛剛出生的小寶寶星一樣。

「而且因為這遙遠的距離不可能會縮小，所以這顆星星也永遠都不會變得又大又明亮哦。」老天文學家這樣說著，卻一點都沒有為她難過的感覺。

可小不點就不一樣啦。「因為離得遠，所以就會被人當成永遠長不大的小寶寶……」他小聲對自己說著，心情變得難過起來。

因為他想起了自己的事。沒有爸爸媽媽，沒有兄弟姐妹，又因為長不大的個子而被大家叫做「小不點」，明明已經十三歲了，卻還是被大家當做五、六歲的小孩子——每次一想起這些事情，小不點就又生氣又難過。說起來，他其實比小星星還要可憐呢。因為他和大家之間明明就沒有那麼遙遠的距離，卻還是顯得又小又暗。

「難道我真的只是一個小不點而已嗎？無論取什麼名字，都是這麼又小又暗的……」小不點這麼小聲說著，眼淚忍不住從眼眶裡流了下來……

「李育森！李育森！」

看來阿森是永遠不能一口氣將故事聽完了。因為這會兒他明明正聽得入迷，又突然冒出一個響亮的聲音將他打斷。

這次又是哪個討厭的傢伙呢？阿森不耐煩地一抬頭，卻發現面前這個正喊著自己名字的，原來正是講臺前的補習老師。

「李育森，你終於捨得回來啦。拿個罐頭在幹什麼？不許上課喝飲料！」戴著眼鏡的老師一邊陰陽怪氣地說著，一邊放下手裡的教科書。可當發現阿森身邊竟然還坐著一個漂亮的金髮少女後，他頓時呆在了原地。

怎麼，原來還是知道我蹺課的事啊。阿森有些心虛地想著，可看到他臉上的驚訝表情，不禁又覺得很好笑。

「這，這是什麼人？」老師擦了擦鼻樑上的眼鏡，好像在確定自己是不是出現了幻覺。

「老師你好，我是國外來的轉學生，叫做普瑞塞斯（Princess，即英文的「公主」），很高興能上你的課。」搶在阿森開口之前，冥王星公主就站起來做了自我介紹。

或許是這一口流利的中文讓他更為意外，戴眼鏡的老師張大了嘴巴，半天都沒有合起來。

這下阿森終於忍不住笑出聲來，心想冥王星公主的反應還真不賴。

也正是在這個時候，昏昏欲睡的學生們都已經被吵醒了。大家好奇地轉過頭來望著阿森和金髮少女，開始交頭接耳，議論紛紛。

「靜一靜！靜一靜！」補習老師終於從驚訝狀態中回過神來，轉過頭來望著這個奇怪的外國人，「什麼轉學生啊，我們這裡可是補習班，從來沒聽說過還有轉學生的。而且你報名了嗎？交錢了嗎？」

冥王星公主把頭一歪，臉上露出「這是什麼意思」的表情。

阿森看見局勢不妙，馬上把一臉疑惑的她拉到身後說：「她和我是同一個班的，真的是剛從國外來的轉學生，因為中文還不好所以才來補習，不信的話老師下課後可以去問校長。」

這些當然全是胡說八道，不過戴眼鏡的老師似乎被唬住了。擦了擦鼻樑上的眼鏡，他皺著眉頭考慮了半天，然後突然想起什麼似的叫起了坐在第一排的一個人。

「吳康永，你和李育森是一個班的，那個外國人真的是你們班的轉學生嗎？」老師故意加重了語氣，讓自己聽上去更加威嚴。

膽小的吳康永果然被嚇得不輕。在眾人的目光中，他哆哆嗦嗦地站起來，表情更是緊張到極點。

同樣很緊張的還有阿森。糟了，他心想，那個傢伙的話，不出賣我就真的見鬼了！

但令他怎麼也沒想到的是，這又悶又熱的大白天還真的有鬼出沒。因為雖然嚇得臉都白了，吳康永卻用力地點了點頭。

「嗯，的確是我們班的。」他還這樣補充了一句。

沒有任何語言能形容出阿森現在的心情。呆站在座位上，他一手拉著冥王星公主，一手捏著沒聽完的故事罐頭，懷疑自己的耳朵一定是壞掉了才對。

「我看那個叫吳康永的人，其實也是挺討人喜歡的嘛！」被阿森目瞪口呆的樣子逗笑了，冥王星公主在一旁開心地說。

阿森不知道該怎麼回應。直到他和吳康永雙雙站在校長室裡，阿森也還是搞不清楚他為什麼會這麼做。

「李育森，吳康永，你們膽子也太大了！」肥胖的校長癱坐在老闆椅裡，一臉氣憤地喊道。

離上課時的風波已經過了一個多小時。事實上，滿肚子懷疑的補習老師一下課就跑來校長這裡詢問情況，果然發現學生資料中從來都沒有什麼外國人。

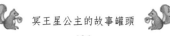

「簡直太過分了！把一個既沒報名又沒交錢的人隨便帶進來，還合夥騙老師……這，這簡直是詐騙！」

校長越講越激動，把吳康永說得淚如泉湧。阿森默默地望著他們，心裡一遍遍責怪自己幹嘛好好的要回來。如果不回來的話，哪裡會搞出那麼多麻煩事？

「最壞的就是你了，李育森！不僅逃了一天課，還把吳康永那麼聽話的學生都帶壞了，實在好可惡！」在吳康永完美的認錯態度下，面無表情的阿森就顯得有些礙眼。這當然讓校長更加火大，馬上就把矛頭對準了他。

只不過是個補習班罷了，別以為你真的是個什麼正牌校長！阿森輕蔑地哼了一聲，正準備這麼說出口，卻被旁邊的吳康永拉住了。

「算了吧阿森，的確是我們錯了，快點跟校長道個歉吧。」他抹了抹眼淚，抽泣著說。

真是個膽小鬼！阿森不耐煩地瞪了他一眼，原先對他心存的一絲感激立刻蕩然無存。

「反正我是不會道歉的，我本來……」

阿森這句話只說了一半，就被一陣突然而來的煙霧嗆得張不開嘴。

「我本來，咳咳……」

「這是怎麼回，怎麼回事，咳咳……」

「阿，阿森，咳咳……」

煙霧越來越濃，把小小的校長辦公室團團圍住。很快的，阿森就連眼睛都睜不開了。他只感到頭越來越暈，然後就漸漸失去了意識。

等到阿森再次睜開雙眼的時候，出現在視野裡的竟然是一片乾淨的藍色天空。

「太好啦，阿森你總算醒啦！」和天空一起迎接他的，是冥王星

公主愉快的聲音。這下阿森才反應過來，原來剛才的煙霧都是她搞的

鬼。

「我可不喜歡那個胖胖的校長，而且他那麼囉嗦，阿森都不能陪

我玩啦。」她說著，笑咪咪地在草地上轉了一個圈，「所以呢，就撒

了一點星星灰塵把你們給帶出來啦。」

頭還是暈乎乎的，阿森用手臂用力一撐，終於坐了起來。這時他

才發現，現在自己正坐在一片綠盈盈的草地上，周圍到處都是盛開的

鮮花，還有小兔子和小松鼠們靈巧地在身邊跑來跑去。

這是……什麼地方？阿森剛想這麼問，身後就傳來一個更加欣喜

的嗓音：「哇，是星河公園！小兔子，小松鼠，好久不見啦！」

阿森好奇地一轉身，頓時吃了一驚。這個正興高采烈地在草地上跳來跳去的人，就是吳康永沒錯了。

可是跟阿森印象中的吳康永又不一樣，眼前這個少年不僅沒有一點緊張的樣子，反而正開心地笑著，笑容就像藍天一樣清新好看。或許也是被這笑容吸引住了吧，連那些怕人的小動物們也都紛紛向他跑來，就像好久不見的老朋友一樣跟他打招呼。

「你看你看，我就說他也是挺討人喜歡的嘛！」冥王星公主愉快地說著，把阿森拉到吳康永面前。

「阿森，歡迎來到星河公園。」懷裡正抱著一隻毛茸茸的小白兔，吳康永笑咪咪地對阿森說。

喂！別說的好像是你家開的一樣啊！阿森有些不滿地這樣想著，卻不得不承認自己的確是第一次來到這個公園。其實名叫星河公園的這個地方，阿森也不是從來沒有聽說過。它位於城市西北方向的郊區，以美麗的自然風光和有著各種各樣的小動物而聞名，只是因為離阿森家住的地方實在太遠了，所以阿森才從未來過。

「這個公園啊，其實是我爺爺建造的呢。」吳康永自豪地說著，臉上浮起兩圈紅暈。原來吳康永的爺爺曾經是一個建築工人，年輕的時候曾經參與過公園的建造。不過就在去年，也就是星河公園建成五十周年的時候，爺爺就生病去世了。這一年多來，吳康永常常來這裡懷念爺爺，後來也就深深愛上了這個公園。

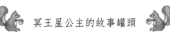

「因為這裡的草地啊，鮮花啊，還有各種小動物，總覺得都有爺爺的感覺呢。」

他這樣微笑的樣子讓阿森覺得有些陌生，因為和阿森記憶中的那個膽小鬼相比，眼前的少年的確完全就像換了一個人一樣。如果說以前的吳康永是個毫不起眼的倒楣鬼，那麼眼前的少年就是一個光彩照人的大明星！阿森忍不住這麼對自己說。

「哎呀！」

阿森還在這樣胡思亂想，大明星一樣的少年就驚呼了一聲。

「雖然能來這裡我很高興，可是這樣的話……我不就也算蹺課了嗎？」吳康永這麼說著，臉上再次浮現出熟悉的緊張表情，「怎麼辦？怎麼辦？從小到大我還從來沒有逃過課呢……」

果然是吳康永沒錯了。阿森不禁鬆了一口氣，好像到現在才終於確定了他的身分。

「沒關係，沒關係！」站在一旁的冥王星公主笑得前仰後合，拉起吳康永的手放到阿森的手上，「那麼今天的話，你們就是生死與共的『蹺課同伴』啦！」

「才沒那種事！」阿森雖然這麼說了，卻並沒有馬上把手甩開。

「對了阿森，你們兩個人就在一起聽聽罐頭裡的故事吧。」好像想到了什麼絕妙的主意，公主興奮地拿出那個深藍色的罐頭，塞到他們手中。

「罐頭裡的……故事？」吳康永疑惑地抬起臉，一頭霧水的樣子。直到冥王星公主仔仔細細地把有關故事罐頭的一切都告訴他，他還是一副迷迷糊糊的表情。

「總之罐頭裡的故事，可是裝著魔法的哦！」公主神祕地眨了眨眼，「最適合同伴們一起聽啦！」

都說過了啊，才沒那種事！阿森在心裡默默喊著，還是和吳康永一起聽了起來──

……

這下老天文學家可急壞啦。他圍著小不點左轉轉、右轉轉，不停地給他講星星們的故事，可是小不點就是越哭越傷心。

「對了！」過了好一會兒，老天文學家終於想出了一個好辦法。他走進儲藏室，開始在堆了滿滿一屋子的房間裡仔細尋找起來。過了很長很長的時間，等到星星們都不見了蹤影，他才拿著兩個小型望遠鏡走了出來。

「小皮特你看！」老天文學家笑著把其中一個小望遠鏡塞到小

不點手裡，「有了這個望遠鏡，你就再也不會是又小又暗的啦！」

還是抽抽噎噎的，小不點低下頭觀察起手中的這個小東西。它比觀察星星天文望遠鏡可小多啦，甚至一般的望遠鏡都要比這小東西大一些。看上去那麼小，戴上它又能看見什麼呢？

「你可別小看這小傢伙，」老天文學家一邊說一邊指著小不點手中的小望遠鏡，「你戴上試試，看看會有什麼不同？」

雖然半信半疑的，小不點還是聽從了他的指揮。然後，緊接著發生的事讓小不點驚訝地說不出話來——透過望遠鏡那小小的圓形視野，對面的白鬍子老爺爺竟然變成了一個年輕英俊的小夥子！

小不點嚇了一跳，馬上把望遠鏡摘了下來。你猜怎麼的，站在他面前的當然還是那個老天文學家。穿著白大褂，連頭髮和長鬍子都是白色的。可是更加奇怪的是，只要一戴上那副小望遠鏡，視野裡出現的就又馬上變回那個年輕的小夥子。

「這到底是怎麼回事？」小不點實在是被搞糊塗了。

老天文學家神祕地一笑。「因為這可不是普通的望遠鏡哦，」他咧著嘴說，「這一副啊，其實是觀察人心的望遠鏡。」

「觀察人心的望遠鏡？」小不點重複了一遍，還是一臉困惑的樣子。

老天文學家微笑地把小不點抱在懷裡，然後慢慢地給他解釋起來。原來和天上的星星一樣，一個人和另一個人的心之間，也都存在著遙遠的距離。但是呢，就好像用肉眼觀察星空的話，只會覺得星星之間離得很近一樣，這種心與心之間的距離，光用眼睛也是看不到的。

「你不是也有這種感覺嗎?明明和大家都離得很近,可是卻沒有一個人能理解你正在想什麼,又想要些什麼……」老天文學家慢悠悠地說著,臉上浮現出慈愛的神色,「其

實這些啊，都是因為你的心和他們的心距離很遠的緣故。」

小不點認真地聽著，想起孤兒院裡的小朋友們和城裡的叔叔阿姨們。雖然他們總是和他在一起，還常常摸著他又圓又大的腦袋跟他說話，可是小不點的確覺得離他們全都很遠很遠。

「就是因為這樣，你在他們眼中才會和那顆小星星一樣，看上去一直都是又小又暗的。可是你知道，那顆小星星的話，其實比他旁邊那些大星星還要大、還要亮喲！」老天文學家欣喜地說著，低下頭問小不點，「剛才你戴上這副小望遠鏡後，我變成了什麼樣子？」

「一個又年輕又英俊的大哥哥！」小不點回答道。

老天文學家一聽，開心地笑了起來：「其實那是我年輕時候的樣子。因為從那時候開始我就一直在這裡觀察星星，一步也沒有離開過，所以那麼多年過去了，我的外表雖然變老了，可是內心卻還是和年輕的時候一模一樣呢！」

「那我呢，那我呢？」小不點一聽，馬上吵著要老天文學家戴上他的那副看一看。

「你啊……」老天文學家微笑著戴上小望遠鏡，「哦哦看到了，是一個高大勇敢的大明星。腰帶上還寫著你的名字呢——大明星小皮特！」

這一定是從出生到現在，自己最最幸福的一刻！小不點這麼想著，從老天文學家的懷裡跳出來，在地板上開心地跳起了舞，唱起了歌。

「只要戴上它，每個人都是天文臺，我和你，你和他！
只要戴上它，我和你，你和他，心與心的距離從此沒有啦！
你還覺得害怕嗎？你還覺得傷心嗎？
那麼請戴上它，戴上它，啦啦啦啦啦啦……」

唱完了歌，跳完了舞，連東邊的太陽都已經升起來了。和昨晚的星空一樣，山間的清晨也比城裡美麗許多。透過天窗，陽光溫和地照射在小不點身上，小不點覺得自己從來都沒有這麼溫暖過。

一整夜沒回孤兒院，大家會不會擔心我呢？他這麼想著，決定還是向老天文學家辭行。

「啊，那麼快就要走了呀。這麼多年了，你還是第一個來這裡看我的人呢……」老天文學家的臉上露出戀戀不捨的神情，「那麼這個就送給你吧，希望從今以後，你永遠都是一個開開心心的大明星小皮特！」說著，老天文學家把小不點手裡的小望遠鏡鄭重地掛在他的脖子上。

就像接受一塊金牌一般，小不點認真地接受了這副不起眼的小望遠鏡。雙手輕輕一戴，面前的白鬍子老爺爺立刻就變成了那個年輕英俊的小夥子。

「差點忘了，還有一件事……」小夥子突然這麼說了一句。

「是什麼？」小不點問。

「當然是你發現的那顆星星呀，你還沒給她取名字呢。」他說著，指著昨晚發現星星的方向。

雖然已經是早晨，星星們也早就不見了蹤影，不過關於那顆小星星的事，小不點記得可清楚著呢。

那麼，叫什麼好呢？他想啊想啊，想到了別人叫他「小不點」的樣子，想到了自己向別人介紹「我是小皮特」的樣子，更想到了老天文學家說的，自己的腰帶上寫著「大明星小皮特」的樣子。可是無論是哪一個，小不點都不是很滿意。他總覺得那顆又小又暗同時又又大又亮的星星，應該有一個獨一無二的好名字才行。

就這樣，小不點考慮了很久很久，終於回答道：「老爺爺，哦不，大哥哥，這顆星星按照我真正的樣子來取名字吧。至於我是什麼樣，戴著望遠鏡的大哥哥才知道，所以就由大哥哥來決定！」

說著，小不點戴著屬於他的那副小小觀心望遠鏡，高高興興地離開了天文臺，往山下走去。

「這就完了？」

等了好一會兒，扇形小孔裡也沒有新的聲音出來，阿森有些失望地搖了搖罐頭。「什麼嘛，這種隨隨便便就結束了的故事。」他說著，語氣就好像買到了什麼假冒偽劣產品。

「怎麼了，覺得這個結局不好嗎？」冥王星公主似乎有些意外，好奇地問。

「這哪是什麼結局啊！最後老天文學家到底給小星星取了什麼名字？回到孤兒院後，戴著觀心望遠鏡的小不點又會怎麼樣？大家能把他當成『大明星小皮特』嗎？而且更重要的，他只是帶走了一副望遠鏡而已，又怎麼能拉近和所有『心』之間的距離呢？總不能一碰見人就把望遠鏡扔過去說『看！我是大明星小皮特』吧……總之，明明這麼多問題都還沒講清楚，怎麼能隨隨便便就結束了呢？」阿森噘起嘴，臉上寫滿了不滿，「完全就是個還沒講完的故事嘛。」

冥王星公主沒有回應，反而歪著頭問起傻站在一旁的吳康永：「你呢吳康永，你怎麼看？」

沒有想到自己會被點名，吳康永忍不住渾身一抖，臉上的表情也變得非常緊張：「結，結局什麼的我不清楚，不過我倒覺得……」

「覺得什麼？」公主感興趣地問。

吳康永吞下一口唾液，好像在給自己鼓勵。「我倒是覺得，即使小不點只有一副觀心望遠鏡，他也可以拉近和所有『心』的距離啊。」他這樣怯生生地說。

一聽到出現了不同意見，阿森立刻提起了興趣，馬上就追問起來，而這也給吳康永增加了一絲信心。

「你看，只要小不點戴著觀心望遠鏡看別人的話，無論對方是誰，他都能看見那個人真實的內心。這樣的話，他們之間『心』與『心』的距離，不是就已經被拉近了嗎？」吳康永輕聲說。

「可是這樣拉近距離可沒什麼用，」阿森搖了搖頭，「沒有另一副觀心望遠鏡的話，在別人眼裡，小不點永遠都還是那個小不點，也根本不會有人能理解他的內心。這就好像沒有天文望遠鏡的話，遙遠的星星永遠都是那麼又小又暗一樣。」

這麼說的時候，阿森突然感到一陣難過。在這個世界上，有多少人想要脫穎而出，做一顆又大又亮的明星呢？可是他們中的大部分卻和「小皮特」一樣，永遠都只能是一個又小又暗的小不點而已。即使偶爾被戴上望遠鏡的人看到了內心又怎麼樣？和其他更多的人之間，他們的距離還是很遠很遠。

這麼漫無邊際地想著，阿森越來越覺得這其實是一個很悲傷的故事。

「真是的，阿森變得好悲觀，這樣可不好。」再次看破了他的心思，冥王星公主有些擔心地皺起了眉頭，「吳康永，你也覺得這樣不好吧？」

吳康永沒有說話，這時阿森才發現，一臉認真的他已經變回記憶中那個熟悉的吳康永。

「既然都已經能讀懂別人的內心了，那麼為什麼還要怕沒人理解呢？」

果然，這傢伙又使出了「既然……那麼為什麼」的句型。只是這一次，他接下去說出的話卻讓阿森完全無法反駁。

「小不點戴上了觀心望遠鏡，無論是表裡如一的好人，還是虛偽做作的惡棍，他都能一眼就分辨出來。這是多麼了不起的能力啊，想想就知道會有多厲害了！」吳康永無比認真地說，「反過來，把自己的內心攤出來給所有人看，這其實才是沒必要的一件事吧。你想想，一個人又怎麼可能會得到全世界的理解呢？所以說啊，真正能看到小不點內心的，即使只有一個都已經足夠了。

「能相互看到對方的內心，這樣的兩個人不就是真正的『朋友』

嗎？」他這樣總結道。

朋友……阿森在腦子裡反覆默念著這個詞。

——一開始是沒人想交什麼朋友的，只是不得不認識那些同學啊、同事啊，還有鄰居什麼的。然後過了一段時間，「哦這個人好像也還不賴的樣子嘛，那就當朋友試試看。」這麼想了之後，才會有朋友這種東西吧。

突然想起剛才自己和冥王星公主的對話，阿森竟然有種不可思議的感覺。真的是這樣嗎？他問自己。朋友什麼的，真的不是隨便試一試的，而是可以相互看到對方內心，甚至可以相互信任的一件事？

阿森這樣想著，心煩意亂地一抬頭，卻發現冥王星公主正微笑著望著他。

沒錯啊阿森，只要看一眼就能相互縮短「心」與「心」之間的距離，這樣的兩個人當然就是「朋友」啦！她溫柔的表情好像在這麼說。

「其實……」

就在這時，吳康永的聲音也再次響了起來。

「……阿森對我來說，一直就是這樣的一個朋友。」他有些害羞地說。

我？就是這樣的一個朋友？阿森覺得自己一定是聽錯了。因為那麼多年了，自己對吳康永從來都是恨不得快點躲開。如果用小不點的故事來比喻，他們兩個人就像相互隔開幾百萬光年的兩顆星星，跟「朋友」之類親密詞語根本就扯不上任何關係。

可是吳康永似乎並不這麼認為。「阿森應該都已經忘了吧，在我們小學一年級的時候……」就這樣，他開始說起那些阿森從來都不記得的事。

那是在阿森還是一個好孩子的時候。有一次，一直不討人喜歡的吳康永被一大群淘氣男生圍在一起。男生們朝他扔沙子，踢石頭，本來就膽小的他被嚇得尿了褲子。

「那個時候啊，第一個挺身而出的就是阿森了，」吳康永說著，臉上充滿了崇敬的表情，「『既然大家都是同學，那麼為什麼又要相互欺負呢？』阿森當時說的這句話，我到現在還記得。每次想起來還是覺得很帥氣啊！」

阿森嚇了一大跳。「既然……那麼為什麼」的句型，竟然是自己創造的！他簡直不敢相信自己的耳朵。

「用故事裡的話說，那時候我就像戴上了小不點的觀心望遠鏡，覺得我們之間的距離一下就縮短了，」吳康永有些不好意思地笑了笑，「所以這些年來，雖然我也知道你不太喜歡我，但是卻還是一直把阿森當成唯一的好朋友呢！」

看著他始終憨憨的笑容，阿森突然覺得鼻子酸酸的。剛才在校長室裡怎麼都想不通的事，現在也全部豁然開朗起來。

「真是個笨蛋。」過了好久之後，阿森才這麼回應了一句。

吳康永愣了一下，但很快就再次憨憨地大笑起來。一直站在旁邊看著他們，冥王星公主也欣慰地點了點頭，然後愉快地走到兩個人之間。

「看來這個故事的結局也不算壞嘛，是不是？」

她說著，將阿森手指上的銀色拉環小心除下，然後輕輕地扔進罐頭裡。

罐頭立刻在她手中旋轉起來，等到再次停下來的時候，已經變成全新的一樣。

那麼，最後老天文學家到底給星星取了什麼名字呢？

阿森本來想再問最後一句，但想了想後，他發現答案其實一點都不重要。

就好像一直覺得應該給自己取一個好名字的小不點，其實在意的根本就不是這個。

「因為星星就是星星，根本就不需要什麼漂亮的名字嘛！」

冥王星公主這麼說著，朝阿森綻放出一個燦爛的微笑。

沒錯。內心的距離都已經縮短了，還要那些漂亮的外殼做什麼？

阿森這樣想著，發現此時的藍天就跟他們的笑容一樣清新好看。

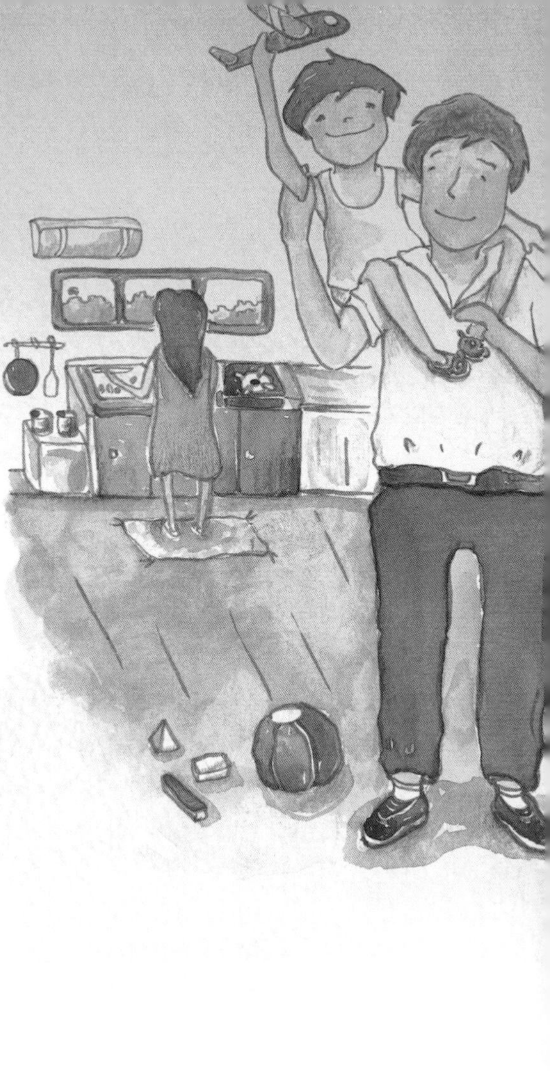

【第三個罐頭】

歎息瓶

阿森前幾天還盼望著能下一場雨，可沒想到卻來得那麼快。

從他聽完第二個罐頭裡的故事開始，這座城市就開始被一場巨大的暴雨所籠罩著。到現在為止已經快一個禮拜了，還是連一點停下來的跡象都沒有。

這是一座遠離大海的內陸城市，從阿森有記憶以來，這裡的夏天從來都是又悶又熱的，像這種長時間的暴雨還真是百年難得一見。

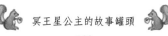

不過現在阿森可沒有欣賞雨景的好心情。雖然煩人的補習班已經結束，但自從下雨之後，爸爸就再也沒讓阿森出過家門。不能出門就不能去自動販賣機那裡，不去自動販賣機那裡也就不能見冥王星公主最後一面。這讓阿森覺得苦惱極了。

就在三天之前，正在家無所事事的阿森聽見有人在敲他家的窗子。一開窗，渾身濕漉漉的冥王星公主就馬上跳了進來。

「阿嚏——」她打了一個噴嚏，然後快速地將一個紅色罐頭塞進阿森的手裡。

「拿好了阿森，這可是你最後一個罐頭了。」她一邊抹著紅紅的鼻頭，一邊這樣說道，「我在這裡的工作就快要完成了，所以必須得走啦。這個罐頭的話，雖然故事很短，但是卻非常有意思，那麼就算我送你的臨別禮物吧！」

阿森吃了一驚，剛想開口追問的時候，冥王星公主就已經靈巧地跳出了窗子。

「記住，這是個非常有意思的故事，阿森可以跟爸爸一起聽。而且一定要耐心聽完才行呀！」

她消失前所說的這句話，成了阿森最後聽見的聲音。

不。阿森不喜歡「最後」這個詞。只要這個詞一出現，就意味著後來什麼都沒有了。什麼未來，什麼夢想，全部都隨著它玩完了。實在讓人很不爽啊！阿森想。

可是這些事，阿森卻都不敢對爸爸說。

「作業做好了嗎？」

「看了多少書？」

「補習的內容都掌握了嗎？」

「開學的考試一定要認真準備才行。」

——從暑假剛開始的那一天起，爸爸幾乎就沒有對阿森說過其他的話。對於一個電器推銷員來說，暑假是絕對的銷售旺季，所以這兩個月來爸爸都顯得非常忙碌。每天都早出晚歸、行色匆匆的，這樣的爸爸讓阿森覺得很心疼。

可是如果把冥王星公主和故事罐頭的事情告訴他，恐怕也只會更讓他操心吧。阿森這樣想。

「阿森，你怎麼還不去看書。」

就在阿森這樣在窗臺上胡思亂想的時候，爸爸威嚴的聲音從身後傳來。

由於暴雨的關係，這幾天來電器銷售的生意越來越差，所以爸爸也越來越少出門。於是隨時出現並叮囑阿森去學習，這便成了他最常做的事。

阿森想起媽媽過世前的爸爸。總是把小小的阿森扛在肩上，他最

喜歡和阿森玩開飛機的遊戲。爸爸健壯的手臂就是機翼，肩上的阿森就是駕駛員。父子倆就這麼大笑著「飛行」在狹窄的屋子裡，一路發出乒乒乓乓的響聲。

「你們啊，還真是沒有一點正經的樣子。」媽媽會急急忙忙地從廚房中跑出來，一邊收拾被碰倒的小東西，一邊這樣責怪他們。可是她嘴裡雖然那麼說著，臉上卻從來沒有過不開心的表情。

每當這個時候，爸爸和阿森就會調皮地開始哄她。

「媽媽，今天媽媽的圍裙可真漂亮！」

「老婆，今天你的頭髮梳得也很不賴嘛，是現在最時尚的髮型吧？」

一來二去，本來就沒在生氣的媽媽更是被他們逗得合不攏嘴。

「你們啊，你們倆啊……」她這樣說著，三個人的笑聲一直迴盪在小小的房間裡。

而現在，同樣是這間小小的房間，卻已經很久沒有出現過笑聲了。

阿森忍不住歎了一口氣，沒想到卻被爸爸看在了眼裡。

「怎麼又歎氣了？」爸爸立刻皺起了眉頭，「這個家不許有人歎氣！」

阿森不知道該怎麼反駁，只能有些不服氣地低下了頭。這個不許歎氣的規定，也是從媽媽過世之後才開始出現的。已經五年了，爸爸對這條規定從來都特別敏感。

上學念書什麼的甚至都可以緩一緩，但歎氣就絕對不行！他的表情一次次地這樣告訴阿森。

為什麼？阿森也一次次地想問這個問題。其實五年來的這些改變，有太多阿森都不明白。

說起歎氣，阿森突然想起三天前冥王星公主送來的那個罐頭。這次的罐頭是紅色的，紅得就像一朵嬌豔的玫瑰。阿森還記得罐頭的外皮上面，「歎息瓶」三個閃閃發光的大字顯得尤為耀眼。

歎息……說的不就是歎氣嗎？

阿森想著，又回憶起冥王星公主消失前說的話——記住，這是個非常有意思的故事，阿森可以跟爸爸一起聽。

所以，她是在暗示一些什麼嗎？阿森這樣不停地想著，心也開始跳得越來越快。

「爸爸，你想聽一個有關歎息的故事嗎？」

也不知道是從哪裡鼓起的勇氣，阿森竟然真的這麼開了口。

爸爸意外地抬起頭，臉上充滿了莫名其妙的表情。「你說什麼？」他問了一句，完全是一副懷疑自己聽錯了的樣子。

阿森沒有立刻回答，而是飛快地從抽屜裡拿出那個珍藏了三天的罐頭。

「這不是個普通的罐頭，裡面其實還裝著一個故事……」

阿森開始耐心地向爸爸解釋起來。自動販賣機前的冥王星公主，聽第一個罐頭時的小傑一家，聽第二個罐頭時的吳康永，還有據說是最後一個的「歎息瓶」……阿森一邊講一邊細心地觀察起爸爸的表情。出乎他意料的是，爸爸的臉上竟意外地顯得很平靜。

「裝著故事的罐頭嗎……」爸爸開始自言自語起來，露出似乎很熟悉的表情。

阿森覺得很奇怪，剛想追問一句的時候，爸爸就搶先開了口。

「那麼，我們就一起聽聽吧。我真的想知道，這到底是個什麼樣的故事。」

他這樣看著阿森的眼神，甚至可以說有些激動。已經快五年了，阿森幾乎快忘了爸爸其實也能有這樣的神采。

阿森這樣想著，輕輕拉開了手中這個像玫瑰一樣漂亮的罐頭。很快的，從扇形小孔中就傳出了一個好聽的嗓音。

就在這個時候，「轟——」的一聲，阿森的大腦突然像被炸開了一樣。

因為這樣緩緩飄入耳朵裡的，竟然是媽媽的聲音。

那天下午發生的事，我可一輩子都會記得。

那時候，陽光透過籬笆懶洋洋地灑落下來。花園中央那棵剛成年的榆樹舒舒服服地展開四肢，斑斑駁駁的，就像一個萬花筒裡的影子。稍遠一些的花園裡，一大片鬱金香正努力地伸著他們胖乎乎的小腦袋，互相爭著快些開放。

我有點心不在焉地靠在窗臺上。暖風吹過，空氣裡散發著一股甜橙的香味，催人入睡。

突然，在那片彩色的小腦袋後面冒出一團東西，一下子就嚇跑了我的睡意。

那是一團金黃色的東西，看上去似乎很柔軟，在陽光下發出一種奇異的光芒。

我直起身子，小心翼翼地走進花園，繞到那團奇怪的東西後面。

不可思議的是，在那裡站著的竟然是一個滿頭金髮的小男孩。

我仔細地打量他。他大概和我的鬱金香差不多高，穿著一身藍色的小禮服，只露出一雙胖乎乎的小手。這時，似乎是聽到了背後有響聲，小男孩轉過頭來，揚起臉望著我。對於我的出現他似乎一點都不吃驚，兩隻大眼睛撲閃撲閃的，像天空一樣湛藍。

「你是誰？在我的花園裡做什麼？」我問他。

他的目光朝四周轉了一圈，又回到我身上。

「我在找一個瓶子。她或許飄到你這裡了。你見過她嗎?」他這樣問。

「一個會飄的瓶子?我可不記得我見過……」我說著,看到他的小臉上開始浮現出失望的神色,急忙加上一句,「不過,或許我見過也說不定。那是什麼樣的一個瓶子呢?」

他的臉蛋上立即浮起一絲快樂的紅暈,「她是透明的,白天就像太陽一樣發光,到了晚上,她的光就變成星星那樣。」

「一個玻璃瓶?」想了一會兒後,我問道。

「什麼是玻璃瓶?」他疑惑地望著我,湛藍的眼睛裡翻滾著充滿魔力的光芒,好像能把人吸進去一樣。

「嗯……不是很好解釋,就是一種做瓶子的東西。」

我說著，心想一個連玻璃都不知道的小男孩，到底會從什麼地方來的呢？

他認真地聽著，似乎還是不明白。

這不是一個普通的小男孩兒。我心裡默默想著，俯下身子問他：「你叫什麼名字？是從什麼地方來的？」

「我是小王子，從一顆很遠很遠的星球上上來。我的瓶子丟了，我要找到我的瓶子。」說這話的時候，小男孩整了整他的小禮服，真有了幾分王子的氣派。

「小王子？」我饒有興趣地再次打量了他一番。名叫「小王子」的童話故事，我很久之前就曾經讀過。那說的也是一個來自很遠很遠星球的小王子，為了尋找他不小心丟失的玫瑰而來到地球上的故事。

「我從前也聽說過另一個小王子，是從一個飛行員那裡。那個小王子也丟了一件東西，不過是一朵玫瑰。你認識他嗎？」我這樣小心地問道。

他側過頭仔細想了一會兒，搖了搖頭說：「我不認識你說的小王子。在我來的地方，每個星球上都有一個小王子。本來我們每個人都有一個很長很長的名字。後來我們當中的一個給自己取了個名字叫小王子，於是我們就都叫小王子了。」

「看來小王子都喜歡丟東西。」我有些開玩笑地說。

聽了這話，他似乎有些難過地低下了頭，眼睛裡的奇異光芒也變得憂鬱起來。

「我只是不小心丟了我的瓶子，我一定會把她找回來的。」

看著他傷心的樣子，連我也跟著難過起來。我把手輕輕放在他稚嫩的肩膀上：「那麼，你是怎麼把瓶子弄丟了的呢？又為什麼一定要找回來呢？」

小王子沒有抬眼看我，長長的睫毛遮住了那雙憂鬱的大眼睛。

他開始說起來：

「我一個人住在我的星球上。有的時候，覺得悶了，我就給別的星球上的小王子寫信。她就是幫我送信的瓶子。每次我把信塞到瓶子裡，她就自己塞上瓶塞，然後一直飄到另一個小王子那裡。

「可是有一天，我很心煩，一不小心就朝瓶子裡歎了一口氣。她馬上塞上瓶塞飄走了，我怎麼也追不上。我去不同的星球上找她，一直找到這裡，可還是怎麼都找不到。」

我認真地聽完他的每一句話，小心翼翼地問：「可是，只是一個送信的瓶子罷了，為什麼非要找回來呢？」

話音剛落，小王子就抬起頭，眼睛裡的光芒也瞬間變得強烈起來，彷彿我說了什麼蠢話。

「我當然要把她找回來！一個裝著歎息的瓶子，是永遠不會快樂的。她要是找不到回家的路，就永遠不會快樂了……」

一個裝著歎息的瓶子，一個永遠不會快樂的瓶子。

我突然覺得心底一塊柔軟的地方被觸動了。就像被一根羽毛輕輕撫了一下，我似乎想起了什麼，可又想不清

楚，說不明白。

「那是我歎的氣，所以我必須負起責任來。我一定要找到她，打開瓶塞，然後塞一封快樂的信進去，那她就又是一個快樂的瓶子了！」

小王子的聲音仍舊在耳邊喃喃地響著，可等我回過神來，卻早已看不見他。他彷彿融化在甜橙一樣的空氣裡，一絲痕跡都沒有留下。

我又木木地站了一會兒，隨著腳邊的鬱金香隨風擺動。一個裝著歎息的瓶子是永遠不會快樂的。

我反反覆覆地念著小王子的話，那塊柔軟的地方開始隱隱作痛。

或許我也有過這樣一個瓶子吧。每個人不是都有嗎？

陽光透過榆樹的椏枝散在我臉上，又一陣睡意伴著這份溫暖湧了上來。

小王子，一定是去別的地方找他的瓶子了吧。

下次，如果我碰到那個胖胖的飛行員，一定要問問他，他的小王子是不是已經找到了他的玫瑰。如果是的話，我想我的小王子也一定找到他的瓶子了。

不過在此之前，或許我也該開始找我的那一個了。

罐頭裡的媽媽不再發出任何聲音。無比安靜的房間裡，阿森和爸爸誰都沒有說話。

媽媽……怎麼會在罐頭裡呢？難道她之前也曾經遇到過冥王星公主嗎？這個「歎息瓶」的故事，難道也是她親身經歷過的嗎……無數個問題這樣一起湧到阿森的腦袋裡，壓得他喘不過氣來。

「看來，我就是這個不快樂的歎息瓶了吧……」

不知過了多久，爸爸突然這樣傷感地說。

阿森一臉困惑地抬頭看他，發現爸爸的臉上充滿了懷念，連眼眶也已經變得通紅起來。

「那一天的事，你還記得嗎？」他說著，報出一個日期。就是五年前，媽媽去世的那一天。因為太過傷心所以之後一直都用「那一天」來代替，爸爸的心情阿森非常清楚。而且那一天的事，無論是阿森還是爸爸，又怎麼能忘記呢？

「還記得媽媽讓你出去給她買蘋果嗎？」爸爸一邊說一邊轉過頭來看著阿森，「其實那時候，她根本就不想吃蘋果。媽媽是特地把你支開，想對我說說你的事。」

媽媽一臉蒼白地躺在病床上，笑著說想吃阿森買的蘋果。五年多了，這幅畫面一直留在阿森的腦海裡。原來背後還有這種隱情，阿森從來都不知道。

「她說在這個世界上，她不放心的就是你了。看上去還那麼小，身體也不好，能健健康康地長大，成為一個出色的大人嗎……」爸爸這樣回憶著，淚眼開始不停地流下臉頰，「那時候的媽媽很擔心，所以就歎了一口氣。

「歎了一口氣啊！爸爸我幾十歲的人了，從來沒有聽到過這麼絕望的歎氣聲。當時我就想，絕對不能再讓媽媽歎一口氣！即使她真的不在了，即使她去了天堂，也不能讓偶爾還能看到我們的她再繼續傷心……」

阿森靜靜地聽著爸爸的話，整個人都彷彿融化在他沉重的聲音裡。

就是因為這一聲歎息，就是因為媽媽的不放心，曾經開朗的爸爸才會把自己完全封閉起來了吧。不許他看漫畫，不許他玩電動，即使家境貧寒也要把他送進各種昂貴的補習班……爸爸所做的這一切，其實都是為了讓阿森快快長成一個出色的大人。阿森這麼想著，眼淚也開始止不住地湧出眼眶。

「可是，看來我真的是做錯了。」爸爸說著，不禁苦笑了一下，

「把她的一聲歎息死死地裝在心裡，其實媽媽反而會更傷心的，對不對？」

一個裝著歎息的瓶子，是永遠不會快樂的。阿森默默回想著這個句子。

「這一定也就是媽媽想告訴我們的話吧，」阿森點點頭，把自己的想法小心地說了出來，「所以她才會給我們送來這個故事。」

爸爸抬起頭看著阿森。慢慢的，他布滿淚痕的臉上開始綻放出一個既陌生又熟悉的笑容。

「阿森，這些年來，都是爸爸錯了。」他微笑著把阿森抱在懷裡，「其實我夢見過媽媽好幾次，這個『歎息瓶』的故事，我應該也在夢中聽過好多遍才對。可是不知道為什麼，每次一醒過來就全都忘了。我想，大概是因為我怎麼都放不下吧……」

爸爸說的話，阿森並不是每一句都能聽明白。但是他可以確定的是，名叫「歎息瓶」的故事罐頭，的確已經開始釋放了它的魔法。

窗外的暴雨似乎稍稍變小了一些，不知不覺，時間也已是將近傍晚。仍舊蹲坐在昏暗的小屋子裡，阿森開始有些饑腸轆轆。

「那麼，今晚就讓爸爸好好做一頓晚飯吧！」

這樣說著的爸爸站起身來。抹去臉上的淚痕，他那張開朗的笑臉讓阿森覺得如此熟悉。就好像五年前，媽媽還在，自己還是一個八歲的孩子，等待著他們的未來也還有很長很長一樣。

那麼五年後的現在，媽媽不在了，自己也已經是一個十三歲的少年。我和爸爸的未來，還能像那時候一樣長嗎？

阿森這樣想著，默默望著爸爸繫上圍裙的背影消失在廚房裡。

玫瑰一般的故事罐頭還握在阿森的手裡。

一切都結束了。冥王星公主的三個罐頭，還有「歎息瓶」中媽媽的聲音。

就在阿森戀戀不捨地準備將拉環扔進罐頭裡時，另一個纖細的嗓音開始從扇形小孔中傳了出來。

「記住，這是個非常有意思的故事……一定要耐心聽完才行呀！」

冥王星公主的話再次迴盪在阿森的耳邊。

所以，指的就是藏在罐頭底部的這一段嗎？

阿森想著，又一次舉起了手中的玫瑰色罐頭——

親愛的阿森：

在你讀到這個留言的時候，我一定已經離開這座城市了。和阿森認識才短短三個罐頭的時間，不知道你會不會想我呢？我的話，可是會一直在遠方想著阿森呢。

我們第一天見面的情景，阿森你還記得吧？在那臺舊舊的自動販賣機前，我突然說「我會選冰綠茶」的樣子，你一定還記得才對。那時候你一定在想：真是不走運的一天，竟然碰到這樣一個腦筋不正常的人！你是這樣想的沒錯吧？哈哈，如果嚇到你了，那我在這裡先道個歉。不過我想說的是，那天我的出現，還真不是因為你運氣差。你們人類喜歡怎麼說來著？命中註定？嗯，的確是這個意思。

因為我啊，是專門來這裡找你的。

還記得我的自我介紹嗎？「從冥王星上來的公主」，雖然聽起來有些不可思議，但是我可沒騙你喲。只不過這個「冥王星」，其實並不是那顆被趕出太陽系家族的可憐星球呢。

阿森你聽說過「冥王」嗎？那是掌管冥界的神靈，所有死去的靈魂都會暫時居住在冥界受他管理。如果是有心願未了的靈魂，冥王會認真地聽他們訴說，有時候還會派出使者去幫他們完成心願呢！因為只有心願達成、心無雜念的靈魂，最後才能真正進入天堂。

所以阿森應該已經猜到了吧。其實我呢，就是這樣一個來自冥界的使者。我來到人間，把各種各樣的故事罐頭送給人們聽，其實就是為了給某個靈魂完成他最後的心願。這些聽到故事的人可不是隨隨便便選出來的，而是讓一個個靈魂們念念不忘的人才對。

比如說，一個意外喪生的靈魂非常思念他的妻子，那麼我就會把一個「戀愛」的罐頭送到他妻子身邊。又有一個無疾而終的老爺爺放不下他小孫子的話，那麼我就會把一個「好好長大」的罐頭送到小孫子手上。等到他們聽完故事並感受到靈魂們的心意之後，靈魂們的心願就會完成，他們就能一身輕鬆地進入天堂啦。怎麼樣，這工作聽起來也很不錯吧！

對了，阿森還記得小傑媽媽和那個老婆婆嗎？當年那個「果醬鹽茶」的故事，其實也就是小傑媽媽死去的母親拜託我送給她聽的。可惜的是，小傑媽媽花了幾十年的時間才想明白這件事。

那麼，現在我要講的就是委託我來找阿森的靈魂啦。其實阿森應該已經猜到了吧。沒錯，那個靈魂就是阿森的媽媽。雖然已經來到冥界五年了，但是阿森的媽媽卻一直很擔心阿森你呢。她總是那麼愁眉不展的，冥王才終於把我給找來了。

「小公主，請給阿森聽一個有關『媽媽』的罐頭吧。」她對我說，「那麼多年了，他一定很想念這兩個字。」

我高高興興地答應下來，可是阿森的媽媽卻還是皺著眉頭。

「小公主，請再給阿森聽一個有關『朋友』的罐頭吧。」她又說，「那麼多年了，他一直把自己封閉起來，離別的孩子都遠遠的。一個人撐了那麼久，他一定孤單極啦。」

我再次高高興興地答應下來，可是阿森的媽媽卻還是不開心。

「善良的小公主，我再求你最後一次，」她說著，眼淚都掉了下來，「我還知道一個有關『新的開始』的故事，請讓我來講給阿森和阿森爸爸聽吧。只有這樣，他們才能停止為我傷心難過，才能兩個人一起，快樂地重新開始。只有他們快樂了，我才能沒有遺憾地上天堂啊。」

不得不說，我們已經幫靈魂們完成了無數個心願，可是阿森媽媽的請求卻讓我非常感動。所以我才破例給阿森你聽了三個罐頭，因為這每一個都是阿森媽媽最深刻、最動人的心願啊。

從「果醬鹽茶」到「小不點的天文臺」，再到最後的「歎息瓶」，我相信阿森一定已經感受到來自媽媽的心意了吧？那麼，等我說完後，阿森就把手指上的拉環放進罐頭裡吧！這樣的話，阿森在冥界的媽媽就能完成她所有的心願，然後心無雜念地升上天堂了。

現在，我也要跟阿森說「再見」啦。或許某一天，我們還會在另一臺舊舊的自動販賣機前遇到也說不定，所以我們就先說好啦，到了那個時候，阿森一定還要請我喝一罐冰綠茶才行哦！

不過在這之前，阿森一定要聽媽媽的話。

和爸爸兩個人，一起快樂地重新開始！

你的好朋友　冥王星公主

放下罐頭的時候，阿森早就已經淚流滿面。

好像一個被充足了氣的聖誕彩球，他的心中裝滿了無數想要說的話，卻一句都說不出口。

他就這樣靜靜地坐著，不知道過了多久，終於輕輕摘下右手食指上的銀色拉環。

「我會的，媽媽。」

阿森這麼說了一句後，銀色的拉環被小心放進了扇形小孔之中。旋轉，閃光，玫瑰色的漂亮罐頭瞬間就變成了全新的一樣。

同樣變成全新的還有阿森。

因為從今天起，他終於又唱出了那首世界上最優美的歌曲。

因為從今天起，他終於決定和爸爸兩個人，勇敢地一起走下去。

九歌少兒書房 221

冥王星公主的故事罐頭

著者	蘇湛
繪者	Kai
責任編輯	鍾欣純
發行人	蔡文甫
出版發行	九歌出版社有限公司 台北市105八德路3段12巷57弄40號 電話／02-25776564・傳真／02-25789205 郵政劃撥／0112295-1
九歌文學網	www.chiuko.com.tw
印刷	晨捷印製股份有限公司
法律顧問	龍躍天律師・蕭雄淋律師・董安丹律師
初版	2012（民國101）年11月
定價	**260元**

書號　0170216

ISBN　978-957-444-851-7

（缺頁、破損或裝訂錯誤，請寄回本公司更換）

國家圖書館出版品預行編目資料

冥王星公主的故事罐頭 / 蘇湛著 ; Kai圖.
-- 初版. -- 臺北市 : 九歌, 民101.11
面 ;　公分. -- (九歌少兒書房 ; 221)
ISBN 978-957-444-851-7(平裝)

859.6　　101018941